中共南京市委党史工作办公室　南京市教育局　编

烙印

南京红色文化故事

（青少版）

南京出版传媒集团
南京出版社

图书在版编目（CIP）数据

烙印：南京红色文化故事：青少版 / 中共南京市委党史工作办公室，南京市教育局编. -- 南京：南京出版社，2020.12
ISBN 978-7-5533-3145-4

Ⅰ. ①烙… Ⅱ. ①中… ②南… Ⅲ. ①革命故事－作品集－中国 Ⅳ. ①I247.8

中国版本图书馆CIP数据核字（2020）第255345号

书　　名　烙印——南京红色文化故事　青少版
编　　者　中共南京市委党史工作办公室　南京市教育局
出版发行　南京出版传媒集团
南　京　出　版　社

社址：南京市太平门街53号　　邮编：210016
网址：http://www.njcbs.cn　　电子信箱：njcbs1988@163.com
联系电话：025-83283893、83283864（营销）　025-83112257（编务）

出 版 人　项晓宁
出 品 人　卢海鸣
责任编辑　焦　博
装帧设计　王　俊
责任印制　杨福彬

制　　版　南京新华丰制版有限公司
印　　刷　南京艺中印务有限公司
开　　本　787毫米×1092毫米　1/16
印　　张　8
字　　数　134千
版　　次　2020年12月第1版
印　　次　2020年12月第1次印刷
书　　号　ISBN 978-7-5533-3145-4
定　　价　29.00元

用微信或京东
APP扫码购书

用淘宝APP
扫码购书

一个有希望的民族不能没有英雄，

一个有前途的国家不能没有先锋。

——习近平

编委会

主　　任　陈　勇　胡万进

副 主 任　彭振刚　徐　春　孙百军　张　生

编　　委　吴　伟　贺承瑶　项晓宁　卢海鸣

成士春　张跃定　谢　山　唐隽菁

顾　　问　（以姓氏笔画为序）

朱成山　张　衡　吴晓茅　杨丹伟

赵一心　桑学成　徐小跃

主　　编　杨维风　陈　静

编写人员　（以姓氏笔画为序）

朱　妮　张海艳　杨　璐　郝良群

夏　群　程迓庆

统　　筹　（以姓氏笔画为序）

闫正伟　朱昌好　安玉熙　完　进

胡鹏飞　徐国前　鲍咏梅

前 言

红色是中国共产党最鲜明的政治底色，红色文化是中国共产党人带领人民群众共同创造并极具中国特色的先进文化，它铭刻着中国共产党人不懈探索、英勇奋斗的光辉历程，蕴含着先辈们不屈不挠、敢于胜利的革命精神和厚重的历史文化内涵。

为庆祝中国共产党成立100周年，深入贯彻落实习近平总书记关于“要把红色资源利用好、把红色传统发扬好、把红色基因传承好”等系列重要讲话精神，以及中共中央、国务院印发的《新时代爱国主义教育实施纲要》要求，充分发挥南京红色文化资源的育人功能，中共南京市委党史工作办公室、南京市教育局和南京出版社等单位基于全市中小学生阅读和思维的特点，创新立体展现、循环联动的教育方式，共同编撰出版了《烙印——南京红色文化故事（青少版）》一书，作为全市广大中小学生思想品德课程辅导学习读本。

本书选取新民主主义革命时期，与南京相关的有代表性、史实清楚、内容翔实的24个红色故事，以重要红色人物、重大红色事件、重要红色地点为线索，设置《英名永存》《壮举永记》《遗址永在》3个篇章，每个篇章8个红色故事。在遵循尊重历史、实事求是的原则下，以生动朴实、言简意赅的语言，配以图片史料，结合中小学思想政治课和综合实践课程的要求，引导中小学生有特色、有层次地开展红色研学和综合实践活动。

我们相信，通过阅读、学习《烙印——南京红色文化故事（青少版）》，中小学生能够更好地走近英雄，铭记英雄，崇尚英雄；能够更加深刻地认识到选择中国共产党领导的历史必然性；能够从红色经典中汲取力量，更好地把爱国之情转化为强国之志和报国之行，勇于担当民族复兴的重任！

编委会

2020年12月

目录

英名永存

壮举永记

遗址永在

英名永存

张闻天

南京地区传播马克思主义第一人

张闻天（1900—1976），化名洛甫，上海南汇人。早年入南京河海工程专门学校学习，1925年6月在上海加入中国共产党。1931—1934年任中共中央宣传部部长，临时中央政治局委员、常委，中央政治局委员，中央书记处书记。1935年在遵义会议上，被选为中央政治局常委，代替博古负总责，主持中央日常工作，为挽救党和红军，实现党的军事路线的根本转变，做出重大贡献。1950年以后，张闻天先后担任驻苏联大使和外交部常务副部长。1976年7月1日，张闻天病逝于江苏无锡。

1900年8月30日，随着一声响亮的啼哭，一户张姓人家迎来一名男婴。父母为他取名为张闻天，取自《诗经》“鹤鸣于九皋，声闻于天”。作为家中长子，“闻天”二字寄寓着父母对他的无限期盼，希望他能鹤唳长空，在一生的道路上为国家做出贡献。张闻天不负父母期望，后成为无产阶级革命家、理论家，中国共产党的重要领导人，理论宣传和干部教育工作中成绩卓著的领导人。

求学“河海”　自我觉醒

1917年，17岁的张闻天独自离家，来到南京河海工程专门学校求学。这所学校是河海大学的前身，由中国近代著名教育家、实业家张謇提议创办，是我国历史上第一所专门培养水利技术人才的高等学府。

张闻天入学后很快意识到，在当时的情况下，光靠学习技术，兴修水利，改变不了国家和民族的命运。

用什么才能拯救这个贫穷多难的国家？为寻找救国真理，无数个夜晚，张闻天在宿舍昏黄的灯光下，一遍遍翻读《新青年》《每周评论》等报刊，汲取各种新思潮。后来，他在回顾这段生活时写道："1917年在学校中看到《新青年》，我的思想即起了很大的变化，我开始对中国旧社会的一切发生了怀疑和反抗。"张闻天的"自我觉醒也于此开始"。

投身革命　传播真理

南京河海工程专门学校是张闻天革命的起点。当时的河海办学新颖，有许多留美回国的"海归"教授，因而所用的教材大多系美国出版，课堂讲授也多用英语。

受此影响，张闻天英语成绩优异，在五四运动之前，他就已经能阅读英文版的马克思主义著作，并被马克思主义学说深深吸引。

五四运动爆发后，张闻天积极参加游行、演讲，平时不多言谈的他成了学校最活跃的几个学生之一。1919年6月，《南京学生联合会日刊》创刊，张闻天作为编辑科成员和主要撰稿人，开始在上面发表文章，抨击旧道德、旧习惯，揭露反动统治的腐败无能，并积极热情地传播马克思主义。

1919年7月，张闻天发表《"五七"后的经过及将来》。"五七"是指1915年5月7日，日本政府要求袁世凯接受旨在灭亡中国的"二十一条"，袁世凯出卖主权，签订"二十一条"。全国民众引以为耻，将每年5月7日定为国耻日。《"五七"后的经过及将来》清醒地分析五四运动以来的形势和经验教训。张闻天在文章中直截了当地提出："空文鼓吹""奔都请愿"等风行全国的温和的革命方式都是无用的，"吾们不要去做他"，而是要采取"进取的而非保守的"方式，推翻封建军阀的统治。

张闻天

1919年8月，张闻天在《南京学生联合会日刊》上发表《社会问题》一文，运用"马克思唯物的历史观"观察社会的变迁，指出袁世凯和北洋军阀废弃民主共和后，中国依旧退回到了封建专制时代。他认为，中国革命同欧洲资产阶级革命有区别，要彻底推翻封建统治，必须依靠工农，"因为除了真正的劳农界人，人人都是希望做士大夫。把这种希望做士大夫的拉来革士大夫的命，可是万办不通。像中国辛亥革命去掉一个满洲皇帝……其余支配阶级的人还是那种腐败已极的士大夫，所以闹到现在”。

张闻天靠着自己对共产主义的理解，提出了“两步走”的革命步骤：第一步，“铲除士大夫阶层”，并“实行普选的民主政治”；第二步，“‘组织’是劳动者把资本家推翻，由劳动者自己组织”“‘经济’是集合主义，就是把生活机关收归公有，所生产的物品，除可以生产的，仍许私人所有。各尽所能，各取所值”。

为了具体说明社会主义和共产主义的远景，张闻天在文章的末段，全文摘录了《共产党宣言》第二章中的十条纲领，并将马克思、恩格斯在这十条纲领前的说明文字也译述于上。

据研究，这是迄今为止发现的，在南京地区传播马克思主义的第一篇文章，也是中国传播马克思主义的先声之一。

坚持真理　坚定信念

在中央苏区时期，张闻天多次公开批评博古等人的“左”倾错误，同博古等人进行争论。在长征途中，他与毛泽东、王稼祥一起同“左”倾错误领导进行反复斗争。在遵义会议上，他彻底摒弃“左”倾路线，第一个站出来做了反对中央领导单纯防御军事路线的报告，为彻底否定单纯防御军事路线定下了基调，并起草了著名的遵义会议决议。1935年2月5日，中央常委讨论分工，决定由张闻天代替博古在党内“负总的责任”。他倾注全部精力与才智，纠正“左”倾军事路线错误，批判张国焘逃跑分裂主义，支持毛泽东的军事指挥，为确立毛泽东在红军和党内的领导地位做出了重要贡献。

对真理的求索和坚持贯穿了张闻天一生的革命生涯，尤其在关系党和国家命运的时刻。他的不唯上只唯实的一身正气，表现出一名真正共产党员的崇高党性，正如他所说的：“真理在谁手里，就跟谁走。”

调查研究　联系群众

张闻天从年轻时起就喜好理论研究和宣传工作。1941年，经党中央同意，他从中央几个部门抽调9名干部，组成“延安农村工作调查团”。从1942年1月至1943年5月，调查团先后到陕北神府县直属乡8个自然村、米脂县杨家沟村、晋西北兴县二区14个自然村等地调查。

通过陕晋调查，张闻天深刻认识到调查研究的重要性，提出了“调查研究是从实际出发的中心一环”的论断。在他看来，领导干部同实际、同群众保持联系的一个简便、生动的办法，是抓住一个典型村或乡或一市镇进行深入调查研究，而且还要亲自接触实际、接触群众、接触最基层的干部，认为“接触实际、联系群众，是一个共产党员的终身事业”。此次调查成果不仅丰富和发展了毛泽东同志关于农村阶级分析的思想，而且为党的相关政策提供了事实依据和理论借鉴。

探索与分享

观看红色影片　感悟生命意义

中央电视台特别节目《张闻天》分为上下两集。上集《跋涉》讲述了张闻天从一个追求真理的青年到坚定的共产主义者的人生历程，下集《求索》展现了张闻天运用马克思主义原理对一系列重大理论的顽强探索。

- 观看特别节目《张闻天》，列举张闻天可贵的精神品质以及对应的事迹。

笃志与践行

寻先驱的足迹　做最好的自己

张闻天生平陈列馆位于南京市鼓楼区河海大学校园内。1985年9月，由中共中央宣传部批准建立，是江苏省首批马克思主义大众化学习实践基地和江苏省德育教育基地。馆内陈列了张闻天的图片300多幅，以及他读过的马列著作，用过的手表、公文包、木箱，穿过的衣服等实物。陈列馆忠实地记录了马克思主义者、无产阶级革命家张闻天一生的光辉足迹。

- 参观河海大学张闻天生平陈列馆，了解张闻天的个人事迹和生平履历。谈谈自己参观的心得体会，并在班级分享。
- 张闻天是南京地区传播马克思主义第一人，是信仰的模范、青年的榜样。请你以“信仰”为主题设计、组织一次团队活动。

延伸与拓展

张闻天与爱人刘英革命时期的传奇爱情也是很有趣的故事。他们在陕北建立了小家，没有举行任何仪式，也没有请客，倒是毛泽东随后赶来瓦窑堡，来到窑洞里闹了一闹，算是补上了“闹洞房”。如果你想进一步了解张闻天，请阅读《张闻天传》。

张闻天和刘英

王荷波

南京党组织的创始人

王荷波（1882—1927），原名王灼华，福建闽侯（今福州市）人，中国共产党早期领导人，中国工人运动的杰出先驱，首任中共中央监察委员会主席，曾任中央执行委员、中央政治局委员、中共中央北方局书记。1922年6月加入中国共产党，组织成立南京地区第一个共产党组织——浦镇党小组，是南京入党第一人。1927年因叛徒出卖牺牲于北京。

1927年11月11日夜晚，北京安定门外，芦苇深处，王荷波等18名同志，面对敌人的枪口视死如归，高呼“中国共产党万岁！”“世界革命万岁！”寂静的旷野中，他们用最后的力量发出呐喊，振聋发聩。王荷波，这位从南京浦镇机厂走出来的中央政治局委员，穷尽一生，许党报国。

初心如磐　勇担重任

1882年，王荷波出生在福建福州一个贫苦的家庭。艰辛的生活，迫使王荷波在少年时背井离乡，流落于大江南北，先后成为沙俄和日本殖民统治下的苦工，饱受帝国主义压迫。

1915年，日本帝国主义逼迫袁世凯签订丧权辱国的“二十一条”，激起了全国人民强烈的、大规模的反日爱国运动。作为穷苦劳工的一员，王荷波积极参加了这场斗争。在斗争中，他痛恨帝国主义对中国的无情掠夺和残酷压迫，同时，也认识到军阀政府的腐败无能，深刻感受到中国无产阶级所遭受的深重苦难。他苦苦思索，怎样才能让人民得到翻身解放？怎样才能让工人兄弟姐妹们过上好日子？

随后，王荷波辗转来到南京，进入浦口的浦镇机厂，当了一名钳工。工作之余，勤奋好学的王荷波大量阅读《新青年》《劳动界》《劳动者》等刊物。这些刊物带来的新思想，仿佛指路的明灯，让他在茫茫黑夜里看到了光明和希望。他逐步认识到，只有斗争，工人阶级才能获得解放。他积极向工友们传播革命道理，团结并组织工友与资本家和反动军阀政府进行斗争。1919年，五四运动在北京爆发，消息传到浦镇，王荷波立即组织浦镇机厂的工人，连续游行示威以声援五四运动。由此，浦镇和浦口的工人阶级在王荷波的带领下，登上了政治舞台。

浦镇机厂是英国资本家创办的为铁路运输服务的一个比较重要的现代工厂，人数众多。浦镇机厂内，帝国主义、资产阶级、封建买办联合起来，不断加强对工人阶级的剥削和压迫。他们惩办、开除工人的条款多如牛毛，管理、欺压工人的制度苛刻至极，还经常无故殴打工人。1920年5月，英籍总监工布拉克竟下令拆除厕所，不许工人上班时间如厕，这引起了全厂工人的愤怒和反抗。

王荷波组织带领全厂工人举行罢工，并作为谈判代表向厂方提出四项条件。经过不屈不挠的斗争，罢工取得了胜利。通过这次斗争，王荷波更加清晰地认识到：只有组织起来，才能获得劳工的解放。他开始发展工人中的积极分子，秘密筹组工会。他告诉工友们：“工人要有自己的组织，只有组织起来才有力量，才能反抗洋人、工头的欺压。”1921年3月14日，王荷波在浦镇机厂领导成立了中华工会，并担任会长。

1922年6月，王荷波在中国劳动组合书记部北方分部负责人罗章龙的介绍下，加入中国共产党，成为南京入党第一人。随后，王荷波和王国珍、王振翼三人，在浦镇成立了南京地区第一个共产党小组——中共南京浦镇小组，王荷波为组长。从此，南京的工人运动在党的领导下，进入了崭新的阶段。

南京市民罢工示威游行的出发点——浦镇机厂厂部办公楼

不久，震惊全国的“二七惨案”发生，组织上出于安全考虑，指示王荷波迅速转移。此后，王荷波辗转各地工作直到牺牲，越危险的地方越是有他的身影；越艰难的重任，他总是勇于担当。

清心茉莉　品重柱石

王荷波从担任工会领导工作时，就严于律己，办事公正，账目清楚，从不乱花大伙儿的一分钱，深得工人群众的信赖和敬爱。他们把清瘦高个、着长袍、穿布鞋、满脸胡须的王荷波，亲切地称为“王胡”。在王荷波40岁生日那天，工友们送他一块大红油漆木匾，上题“品重柱石”四个大字，并敲锣打鼓在浦口、浦镇南门环游一周。

1923年6月，王荷波赴广州出席党的第三次全国代表大会，并当选为中共中央执行委员会委员，兼任中共中央工委书记。在中央工作期间，王荷波始终保持着艰苦奋斗、廉洁奉公的作风，备受同志们的尊敬。1927年，他当选为中国共产党第一个中央级的纪律检查机构——中央监察委员会主席。

在当时的革命大潮中，一些投机分子趁机混入党内，严重影响了党在群众中的声望。设立监察委员会的目的是“维护党的一致和权威”。王荷波强调，中央监察委员会的一项职责，就是履行党中央发布的第一个反贪污腐化的文件《坚决清洗贪污腐化分子》。他提议，在组织内制定惩戒制度，坚决反对以权谋私，对态度傲慢的工作人员开展思想教育。同时提议在各罢工委员会中成立罢工工人纠察队，以保证革命队伍的先进性、纯洁性。

《品重柱石》油画

荷风万里　波光千秋

1927年10月，中共北方局、北京市委等秘密机关遭到敌人破坏，大批党员干部被捕。为筹建北京市总工会，10月18日，王荷波到北京政法大学参加积极分子活动会，不幸被反动警察逮捕。由于叛徒告密，王荷波的身份迅速暴露，被奉系军阀关进监狱。

被捕后，王荷波受尽酷刑，但他始终没有泄露党的机密，使党的机关、组织和人员得以保护。在狱中，他鼓励难友们：旧制度一定灭亡，新制度必然诞生，共产主义终究会在中国胜利。当得知自己即将被杀害时，他对难友们说：“希望你们出狱后多多帮助我的孩子，请党组织对我的子女加强革命教育，让他们千万别走和我相反的道路。”这是他作为一个革命者，在生命的最后时刻，留下的唯一遗言。

探究与分享

观看红色话剧　颂扬红色精神

大型原创话剧《王荷波》作为一部红色题材的舞台作品，再现了王荷波如何从一名普通钳工，历练成为一名伟大的无产阶级革命家的生命历程。本剧出品人田清泉说：“虽然舞台容不下他厚重的一生，但足以描绘他的部分精彩。在我看来，奔腾向前的中国，更不能忘记这个人、这段情、这个故事，以及这类人、这类情、这类故事。我们真的要记住，当今美好的生活，是在那一片无数先烈用身躯和鲜血铺染的厚重土地上垒筑起来的，每一步前行的路，他们都在土地的深处看着我们。珍惜现在的日子，更是为了开拓未来美好的生活，去实现伟大的中国梦。”

扫码看

- 观看话剧《王荷波》，选取其中一个片段进行表演，体验和感悟王荷波的伟大的革命精神，在班级分享自己的感受，说明王荷波留给了我们怎样的宝贵精神财富。

笃志与践行

寻访红色人物　践行先烈遗志

王荷波临难前请求党组织对他的子女加强革命教育，并给家人留下“别走和我相反的道路”的遗言。

王荷波的长子王夏荣承继父志，在共产党领导下参加抗日救亡工作。南京沦陷时，被日寇逮捕，壮烈牺牲，殉难时年仅19岁。

王荷波的两个女儿在党的培养教育下成长起来，两姐妹先后入党并参加工作，在平凡的岗位上恪尽职守，直至退休。

在王荷波牺牲后的几十年里，他的家人始终恪守先辈嘱托，迈着坚定的步伐，沿着与先辈相同的道路一直前行。

- 王荷波选择了什么样的道路？今天我们怎样践行王荷波的遗志？
- 以“沿着王荷波等先烈的道路前行”为主题设计方案，开展主题班会活动。

延伸与拓展

如果你对王荷波“品重柱石”的一生还想进一步了解，可以阅读《王荷波传》一书，参观位于南京市浦口区江浦街道的“王荷波纪念馆”。

孙津川

建立南京第一个农村党支部

孙津川（1895—1928），安徽寿县人，1925年加入中国共产党，1928年3月任中共南京市委书记，建立南京第一个农村党支部。1928年6月，在莫斯科召开的中共第六次全国代表大会上当选中共中央审查委员会委员。同年，因叛徒告密被捕，在南京雨花台英勇就义。

1928年10月6日，一队宪兵用黄包车拉着包括孙津川在内的3名共产党志士，匆匆来到雨花台的刑场。志士身殒，事业未竟，但火种不灭，浩气长存！

投身革命即为家

1895年，孙津川出生于安徽寿县一个工人家庭，全家靠父亲一人做工糊口。拮据的家境与动乱的社会让孙津川早早成熟。为了家庭生计，11岁的他中断学业，来到金陵机器制造局当童工。父亲积劳成疾离世后，他们全家搬到上海，孙家弟兄俩先后在大中华纱厂、兴发机器厂、吴淞机厂做工。十里洋场的上海，资本家们声色犬马、纸醉金迷，对工人却肆言詈辱、刮骨吸髓。孙津川意识到，这不是社会该有的样子。

与共产党人彭干臣的相识，是孙津川人生的转折点。共产党的理念、纲领与奋斗目标深深地吸引了孙津川，他相信这正是工农大众立身自强、翻身解放的道路。1925年8月，孙津川经彭干臣介绍加入中国共产党，坚定地许下了忠于事业忠于党的庄重誓言，走上了投身中国工人阶级解放事业的伟大革命道路。不久，中共吴淞机器厂特别支部成立，孙津川被推选为支部书记。

1926年冬，周恩来抵达上海，参与上海工人第三次武装起义的领导工作，经彭干臣介绍认识了孙津川，并住在孙津川家中。时年31岁的孙津川意志坚定、成熟稳重，周恩来很看重和信任他，密令他选址布置指挥上海工人第三次武装起义的“中共中央军委办事处”。孙津川的妻子杨晨华在法租界辣斐德路辣斐坊用假身份租用了一幢三层小木楼，三楼是周恩来的宿舍，二楼用作军委和周恩来、赵世炎等同志的秘密办公场所。孙津川一家则住在第一层，担负起望风、掩护、安全保卫等工作。

1927年上海工人第三次武装起义中，600名铁路工人组成一个纠察大队，由孙津川担任大队长，受命分成三路参加起义。3月22日，武装起义取得宝贵胜利。孙津川马不停蹄，按照上海总工会的复工命令，带领两路工人首先复工，抢修铁路，上海交通得以迅速恢复。孙津川在起义中的指挥和作用受到工人的认可，当选为沪宁、沪杭甬两路总工会委员长。

已许此身酬革命

1927年4月12日，蒋介石撕破伪装，在上海悍然发动反革命政变，大肆屠杀共产党人，上海被“白色恐怖”笼罩。血雨腥风没有吓倒孙津川，他带领工人参加声讨蒋介石罪行的大会，并亲自赶往淞沪司令部抗议，要求释放被捕的工会会员。孙津川当即也被扣留了。

经过党组织和铁路工人的积极营救，孙津川终被释放。他遵照党组织安排前往武汉，往返奔走于汉口、九江等地，代表全国铁路总工会接待江苏、浙江、安徽流亡革命者，秘密恢复铁路工会工作。中共五大在武汉召开，孙津川因在起义中的英勇表现和卓越才干，光荣参会。

1927年的南京由于蒋介石的清党血洗，共产党地下组织遭到严重破坏，共产党人时刻有被捕牺牲的危险。为了恢复和加强南京地下党的领导力量，党的八七会议后，孙津川临危受命，被派往南京担任市委职工运动委员会委员。孙津川明白，这是一条危机重重的道路，但他毫无畏惧：“革命总是要付出代价的，总是有牺牲的。我们不怕牺牲，我们要组织力量，和敌人对抗。”

1927年12月4日，中共南京市第一次代表大会在浦镇召开，推举孙津川为临时主席。孙津川号召全体党员勇敢地承担任务，积极恢复党的组织。1928年3月，孙津川接任中共南京市委书记。他不顾生命危险开展工作，艰难地进行了党员调查和组织整顿。

中共南京市委当时并没有正式机关住地，会议常在北祖师庵49号的孙津川家中进行。一间陈旧的小屋，破桌、烂椅、旧木箱是所有的陈设。在这样艰苦的环境中，革命火种顽强地保存、生长。一次市委会议时，妻子去门口把风，年幼的孩子无人照看，竟闷死在被窝里。悲痛中的孙津川拼命工作，东奔西跑，发动群众参加革命活动，短短几个月，便在全市重建了十几个党支部和小组，发展党员100多人，并以浦镇工厂、下关车站和鸡蛋厂以及长江两岸码头工人为中心建立工会，开展工会运动。同时以第四中山大学为中心，开展学生运动。在浦口九步洲组织40至50个贫苦农民成立了农民协会，开展农民运动，并建立了第一个农村党支部。在孙津川的领导下，一度沉寂的群众斗争在南京又活跃起来。

愿得此身长报党

当南京的各项工作都有起色时，危险随之来临。1928年7月的一个晚上，市委决定在姚佐唐家里开会，但由于叛徒告密，孙津川与市委多名同志在赶到会场时被捕。

孙津川是共产党的重要人物，在狱中受到了“重点”对待，种种酷刑加身，只为从他嘴中撬出党的机密和南京地下党的名单。孙津川没有忘记入党时的誓言，忠诚于革命信仰，忠诚于党的伟大事业：“我既然投了红旗，绝不会再投白旗！”

威逼不成，还有利诱。恢复自由、必受重用、高官厚禄……种种糖衣炮弹砸向孙津川，孙津川却冷眼相对：“我是孙津川，不是王汇百。”恼羞成怒的敌人更为残暴地折磨孙津川，让他的身体受到极大摧残，短短时间里头发都掉光了，身体也迅速消瘦。孙津川不以为意，他用革命的乐观主义精神，激励自己在狱中继续学习。不仅如此，他还带领狱友高唱《国际歌》《少先队队歌》，鼓励狱友微笑面对苦难，积极展开斗争。他这样阐述自己的革命理念：“我们的斗争不是为了个人，是为工农大众，吃些苦算不了什么。”

孙津川宁死不屈，敌人最终失去了耐心。1928年10月6日清晨，牢门被打开，全副武装的刽子手带出孙津川等3名革命志士，用黄包车押往雨花台刑场。鲜血染红了雨花石，年仅33岁的孙津川以身报国。

探究与分享

聆听革命誓言　感悟信仰力量

孙津川被押往刑场时，黄包车途经南城岗北山门巷口，刽子手按照旧俗让孙津川等人喝断头酒。南宝塔根一带的百姓闻讯赶来，看孙津川最后一面。孙津川趁机向群众高喊“打倒反革命的国民党政府！”“中国共产党万岁！”“杀了我一个，还有十个；杀了十个，还有百个。千千万万的革命者，你们是杀不完的！”围观百姓群情激奋，刽子手为防意外，提前杀害了孙津川。

● 延续在“千千万万的革命者”身上的力量来源于何种信仰？在追寻信仰的过程中，孙津川给我们留下了怎样的精神财富？

笃志与践行

传承英烈精神　坚守忠诚信仰

孙津川被捕后，被关押在南京卫戍司令部看守所，敌人用重刑未能使孙津川屈服。中秋节那天，孙母带着月饼等食物前来探监。见到母亲，严刑之下坚贞不屈的孙津川，泪水夺眶而出。母亲问他：“津川，他们会让你出来吗？”孙津川一字一句地说：“妈妈，我既然投了红旗，绝不会再投白旗。”母亲明白儿子为革命赴死的决心，拿出孙津川爱吃的梨，递给他。为了让母亲有心理准备，减少悲痛，孙津川把梨子咬开只吃了一半，把剩下的一半递给母亲，暗示母子从此分离，用手指甲在剩下的半个梨上刻了一个五角星，表达自己为理想敢于奉献牺牲的决心。

● 孙津川为理想敢于奉献牺牲的决心对你有何启发？

延伸与拓展

孙津川，这个闪亮耀眼的名字，如同一座高耸的丰碑，始终矗立在一代代共产党人的灵魂深处。如果你对孙津川的一生还想深入了解，可以阅读《逐潮竞川：孙津川烈士传》。该书以文字、文学、文化的形式，讲述英烈的感人故事，表现英烈的高尚情操，诠释英烈的不朽精神。

《逐潮竞川：孙津川烈士传》

李耘生

抛妻别子　舍生取义

李耘生（1905—1932），原名李殿龙，字云生。山东广饶人。1923年10月加入中国社会主义青年团，1924年2月加入中国共产党。1931年底任中共南京特委书记，负责南京地下党组织的建设工作和组织武装斗争。1932年初，因为叛徒的出卖，李耘生被捕并在狱中进行了坚决的斗争。1932年6月8日，李耘生被敌人押往雨花台刑场杀害，年仅27岁。

国民党看守所入口处的铁门被拉开，看守抱着一个可爱的小男孩来到7号监房的铁门前。监房里的男子赶忙转过身去，背对着男孩，希望小男孩没来得及看清自己的容貌。但终究还是晚了，小男孩已经大声哭喊着扑向铁门："爸爸！爸爸！"听到哭喊，男子眼眶红红地转过身来，从铁窗中伸出双手，捧起小孩的脸蛋，靠向自己的脸颊。敌人用这样恶毒的计谋，确定了这名自称"李涤尘"的男子就是中共南京特委书记李耘生。

热血沸腾赴铁流

1905年，李耘生出生在山东广饶大王镇西李村一个农家里。他自幼聪慧，品学兼优，1919年以优异成绩考入了山东省立青州第十中学。这一年，国内爆发了五四爱国运动，李耘生同众多进步师生一起走上街头游行示威。1924年2月，李耘生正式加入中国共产党。找到组织的李耘生，更加明确了前行的方向。因政治觉悟高，党内工作出色，1924年8月，李耘生被选为青年团济南地委候补委员兼秘书。

1925年初，他作为青年团山东代表在赴上海参加团的三大后，被留在团中央工作。五卅惨案后，他又赴青岛接任团地委书记兼组织部部长，领导发动了一场7000多名学生和众多青岛市民参与的游行，控诉英日帝国主义的血腥罪行。

1926年，北伐战争爆发后，李耘生调任武汉硚口特区区委书记。为尽快熟悉掌握硚口各方面情况，他经常早出晚归，深入工厂和工人谈心，宣传革命道理，秘密发展党员，建立党的支部，工作富有成效。也正是在这段时间，李耘生结识了同在这里工作的女共产党员章蕴，不久结为夫妻。

1927年大革命失败后，中共组织全部转入地下秘密状态。1928年春，李耘生与妻子匆匆告别后便前往白色恐怖更加严重的南京，但一直没能和南京的党组织联系上，他只得一边在《时事新报》当记者，一边寻找党组织。不久，李耘生被叛徒告密，国民党法院以"共党嫌疑"为名将李耘生判刑十个月，关押在江苏第一监狱（俗称"老虎桥监狱"）。在狱中，他遇见了曾在上海党中央工作过的王凯，出狱后，他通过王凯接上了组织关系，立即投入到紧张的革命工作中。

龙潭虎穴巧谋划

1930年7月，南京地下党组织遭受了第六次大破坏，绝大部分共产党员被捕牺牲。1931年初，李耘生被任命为中共南京市委组织部部长，秘密恢复和发展党的力量，后又任中共南京特委书记，领导江宁、江浦、句容、溧水、溧阳等地党的工作。为了掩护身份，他化名"李涤尘"在南京第一贫儿教养院任历史老师。因李涤尘英俊儒雅、知识渊博，任课期间深受大家喜爱。

有了历史老师的身份作掩护，他经常深入工厂、农村、街道进行社会调查，宣传政治形势，秘密发展党员，并在国民党的宪兵队、警卫队中秘密培养先进分子，甚至在国民党中央电台机关中建立了中共党组织。经过李耘生等人半年多的艰苦工作，南京地下党组织得到了迅速恢复和发展，和记工厂、京华印书馆、中央大学等十多个党支部先后成立，党员人数已近200名。

在配合苏区红军反"围剿"斗争中，李耘生在京（南京）杭沿线的句容、溧阳等地都成功建立了党的特别支部，组织了一支近百人的武装。他经常怀揣地图指挥战斗，有时接连多天与家人中断联系。

舍生取义自从容

1932年初，中共南京市委书记王善堂和军委书记路大奎被捕叛变，南京党组织遭到第七次严重破坏，形势异常紧张。4月，李耘生在前往游府西街党的一个接头地点时，被早已埋伏在那里的国民党便衣特务抓住，不幸被捕入狱。

在多次审讯拷打中，李耘生始终没有暴露身份，而是以“李涤尘”的名字同敌人周旋。叛徒路大奎被带到现场进行辨认，李耘生义正词严地斥责叛徒是为了开脱自己陷害他人，依然不承认自己的真实身份。

一无所获的敌人便使出了父子隔窗相认的毒招确定了“李涤尘”就是在郯县组织武装斗争、令他们胆战心惊的李耘生。

在证实了李耘生的身份之后，敌人开始对他软硬兼施，逼他交代出党的秘密，敌人对他说“现在摆在你面前的有两条路，一条生路，一条死路……”叛徒路大奎也在一旁劝降：“只要你愿意转变，我保你有出路。”李耘生不加理睬。敌人从抽屉里拿出张信纸，上面写着李耘生的名字、入党时间和党内职务等信息，这是一份敌人搜到的全市党员名单，他们正按图索骥，四处搜捕共产党员。

既然敌人已经知晓了自己的身份，李耘生反倒觉得更加放松了。他斩钉截铁地回答说：“共产党人为劳苦大众奋战求解放，这是我奋斗的目标。需要转变的是你们这一帮为蒋介石卖命，与人民为敌的家伙！”狱中的李耘生时常勉励身边战友“要有骨气，要坚定斗争信念，要在斗争中经得住考验”，他的确是这样做的。他还带领大家开展过绝食等斗争，要求改善狱中环境，争取阅读书报以及与外界通信等权利。

李耘生一家

端午节前夕，敌人又对李耘生进行审讯，说是给他最后一次考虑的机会。李耘生怒视敌人，当即回答：“要枪毙就枪毙，我没有什么考虑的！”

1932年6月8日凌晨，李耘生被狱警唤醒。他从容地整理衣服，将床铺上的书整理好，送给难友作为纪念，随后大步跨出牢门。在刑场上，李耘生同敌人进行了最后一场较量。临刑前，一个执法官走上前来问：“你还有什么遗嘱？要不要给家里写封信？”李耘生答道：“我的家信早已经写好，遗嘱就是盼望亲人们与你们斗争到底！”李耘生的确给家人留下了遗嘱，他临刑前给章蕴写下了一张纸条："过去百千斤的担子我们两人挑，现在要你一个人挑了。"这就是一名共产党员，在生命最后时刻的所思所想。

探究与分享

朗诵铁骨铮铮话语　品味豪情满满精神

狱中的李耘生，曾经留下来一系列铁骨铮铮的话语，给后人无限的感动与震撼。

面对敌人百般利诱，李耘生怒斥："共产党人为劳苦大众奋战求解放，这是我奋斗的目标。需要转变的是你们这一帮为蒋介石卖命，与人民为敌的家伙！"

面对敌人严刑拷打后的难友，李耘生激励大家："为人民，头可断，血可流，志不屈。要在任何斗争中经得起考验！"

面对行刑刽子手"你还有什么遗嘱"的发问，李耘生毫不犹豫地慨然回答："遗嘱就是盼望亲人们与你们斗争到底！"

● 朗诵李耘生这些铁骨铮铮的话语，品味这些话语中体现了李耘生哪些高尚的精神，并和同学进行交流。

笃志与践行

以牢房作书房

1928年春天，党组织派李耘生到南京工作。不幸暴露后，他被以"共党嫌疑"的罪名判了十个月徒刑，监禁在南京老虎桥监狱。妻子章蕴赶到南京探视时，李耘生对她说："这些年四处奔走，也没多少时间静下来看看书，现在正是读书的好机会，不要在我身上花什么钱，下次带点书就行了。你自己也要多多保重。"章蕴省吃俭用，买了许多历史和哲学方面的书。在妻子的帮助下，李耘生把牢房变成了书房。

1932年4月，李耘生再次被捕。在狱中，他继续坚持学习，阅读亲友们送来的书籍，他还常常把书传给难友们看。就义前，他将书一本本地叠齐，深情地对难友们说："没有什么珍贵的礼物，这些东西留给你们做个纪念吧！"

● 李耘生的一生牢记信仰、坚贞不屈。即使身陷囹圄，依然坚持学习，对革命事业充满坚定信念。请以讲故事的方式，向班级同学宣讲李耘生的革命事迹，感悟其高尚的品质。

延伸与拓展

1982年6月8日，在李耘生牺牲50年后，他的夫人，也是他的革命伴侣，77岁高龄的章蕴夜不能寐，起身含泪写下：

回首雨花台畔，别语匆匆遗愿。五十易春秋，日日在肩双担。双担，双担，未敢白头言倦。

回首雨花台畔，从此一家离散。遗腹女初生，千思万绪相伴。遗范，遗范，儿女受人称赞。

这首词中的“双担”，就是来自李耘生的遗言——“革命事业”和“养儿育女”两副担子要双肩挑。朗诵这首诗，体会李耘生夫妇的革命感情。

钱壮飞

龙潭虎穴显英雄本色

钱壮飞（1895—1935），浙江湖州人，中共隐蔽战线的“龙潭三杰”之一。1926年加入中国共产党，1929年打入国民党中央组织部党务调查科，任徐恩曾的机要秘书。1931年4月25日，钱壮飞及时将顾顺章叛变的绝密消息告知中央，为保卫中共中央机关的安全做出了重大贡献。后进入中央苏区，历任中革军委政治保卫局局长等重要职务。1934年10月参加长征，遵义会议后被任命为红军总政治部副秘书长。1935年4月牺牲。

凭着对革命事业的赤胆忠心，他深入龙潭虎穴，为保卫党中央的安全做出了卓越的贡献，他就是隐蔽战线的杰出英雄——钱壮飞。

山雨欲来风满楼

1931年4月25日，南京中山东路中央饭店东侧矗着一栋洋房，铸铁大门紧闭着，门前匾牌上刻着“正元实业社”。正元实业社名义上是经营无线电器材，实际上是国民党“中统”特务的秘密机关之一，负责搜集、汇集各种情报。

此时，钱壮飞正脚步橐橐地来到办公室值夜班，伏案处理公务。机要人员轻轻走进来，把一份标有“绝密”字样的卷宗放在桌上，又悄无声息地退出去。上面标明“徐恩曾亲译”的密码电报，发电处为武汉绥靖公署。

中央饭店大楼通体一排排自下而上的玻璃窗，在灯光下像无数只排列有序的眼睛，从四面八方注视着正元实业社内的钱壮飞。他翻开卷宗，眉微蹙，眼光警惕地扫视四周，耳朵聆听着门外的动静。少顷，钱壮飞起身，打算走出办公室观察外面的动静。这时，门外又一次传来轻轻的脚步声，机要员再次送来一份卷宗。待机要员关上房门，他又翻开卷宗，又是一份标明“徐恩曾亲译”的密码电报，发电地址仍是武汉绥靖公署。武汉究竟发生了什么重大事件，竟在半个小时内接连发来两封密电？钱壮飞意识到问题严重。

黑云压城城欲摧

这时，机要员再一次推门进入。这次送来的卷宗里竟然放着两封电报，信封上的字样和前两封一模一样。在以后的一个小时之内，机要员又两次送来卷宗，仍然是从武汉发来的标着“徐恩曾亲译”字样的绝密电报。又等了半个小时，机要员不再来了。钱壮飞静静地坐在办公桌旁，从内衣口袋里掏出从徐恩曾手上搞到的密码本，逐一破译了这些密电，这使他惊骇万分。第一份密电是说负责中共中央特科工作的黎明在汉口被捕。得知这一情报后，钱壮飞的心像封闭的山谷猛然敞开，大风无休止地刮进来。“黎明”是顾顺章的化名，顾顺章出事的严重性，钱壮飞无比清楚。如果顾顺章仅仅是被捕，后面还用得着接连发来五封电报吗？

钱壮飞开始加快译电的速度。后面五份电文的大意分别是这样的：

黎明已归顺，说有消灭共党中央的重大计划。欲赴宁面呈蒋总司令。

钱壮飞（摄于北京）

何长官电请陈部长，速报蒋总司令，调军舰一艘即赴汉口，以便押解黎明赴宁。

考虑到事关十万火急，汉口方面已征招商局客货轮一艘。即刻解押黎明赴南京。

调查科驻武汉特派员蔡孟坚将于明日飞抵南京，向钧座禀报。

不要把黎明被捕自首的消息让徐身边的人知道，否则将中国共产党上海地下机关一网打尽的计划就要落空。

六封电报都译出来后，钱壮飞大惊失色，汗如雨下。墙上挂钟的钟声像拳头一样，一拳拳擂进他的心窝，揪心的惊悸驱使着钱壮飞，容不得他半分迟疑。他在脑子里迅速盘算，当时是4月25

日深夜，押运顾顺章的轮船从武汉顺流而下，27日上午可抵达南京，大搜捕最迟在28日展开，也就是说，手头的情报最迟要在26日傍晚前送达，否则上海党中央没有时间转移。还有48小时，生死攸关，事不宜迟，钱壮飞当即决定让自己的女婿同时也是中共党员的刘杞夫，赶乘最后一班南京到上海的火车，向李克农传递消息。

龙潭虎穴巧营救

4月26日清晨，一夜没有合眼的钱壮飞像平常一样，若无其事地将六封密电留给徐恩曾，从容地离开了正元实业社。他又快步来到附近中央饭店四楼的“长江通讯社”，这是他亲手建立的秘密联络点。他本打算通知安插在这里的同志迅速转移。但时间太早，负责人还没有来上班。他不便留条，就用小刀在此人办公桌上的一幅地图上刻了一个“十”字，暗示他赶快通知有关人员转移。随后，他来到通讯社的发报室，让报务员给天津“长城通讯社”的胡底发了一封明码电报：“潮病重速返。”“潮”即钱潮，是钱壮飞曾经用过的名字，只有胡底知道。他和胡底早有约定，这种明码电报是极其紧急情况下通知胡底迅速转移的警报。做完这一切后，钱壮飞不再停留，立刻赶往火车站，跳上了南京开往上海的头班车。虑事缜密的钱壮飞考虑到他走后不久徐恩曾可能得到新的消息，会派上海方面的特务在火车站守候逮捕他，便在上海近郊的真如站下了车，绕道进入市区，消失在茫茫人海之中。而昨夜，刘杞夫已幸运地赶上最后一班开往上海的火车，急促地敲开上海东方旅社李克农的房门，简短而准确地报告了顾顺章叛变投敌的重大事件。李克农得知情报后，经过一番周折，终于通过中共江苏省委，在中央刚刚建立的一个备用联络站找到了陈赓。陈赓立即将此事报告了周恩来。周恩来睿智果断，马上召开党的紧急会议，带领大家争分夺秒，采取了若干紧急措施。经过夜以继日的连续战斗，终于赢得了几十个小时的宝贵时间。到27日傍晚，中共中央、江苏省委和共产国际远东局机关全部转移，所有与顾顺章有联系的关系，全部被切断。

4月28日，警车不时在街头呼啸而过，骑警的巡逻马队疾驰在大街小巷之间，各个旅馆客店都受到警察仔细地搜查，车站码头上更是岗哨林立，暗探的眼睛在四下搜索，国民党和租界巡捕房张开有形和无形的网，企图将共产党人一网打尽。在顾顺章的指引下，国民党军警特务会同法租界巡捕房在上海进行搜索，结果却是处处扑空。当时周恩来亲自坐镇指挥了这次大转移，而且是最后一个撤离的，他离开仅五分钟后，大批国民党特务就赶到了，可以说情况万分危急。正是由于钱壮飞的情报及时，驻上海的中共中央机关在最短时间里，完成了一次史无前例的大转移，周恩来、瞿秋白、邓颖超、邓小平、陈云、聂荣臻等中共中央领导人和许多共产党员幸免于难。

探究与分享

排练红色话剧　亲历一场“隐蔽战线”的战斗

龙潭虎穴显英雄本色，沧海横流显壮士豪情。钱壮飞的精神之所以能够跨越历史的烟尘而熠熠生辉，既在于他多年潜伏于敌方阵营中的从容和隐忍，也在于他危急时刻的果决和坚毅。作为“龙潭三杰”之一，钱壮飞富有传奇性的斗争经历在中国波澜壮阔的革命斗争史上写下了浓墨重彩的一笔。

新中国成立后，周恩来仍不忘当年的战友。他曾感慨道：“要不是钱壮飞同志，我们这些人都会死在国民党反动派手里。钱壮飞同志在对敌斗争中，立下的丰功伟绩的确使我们党少走了弯路，全党将永远纪念他。”

● 以学习小组为单位，以“神秘的密码本”为素材，参考《潜伏》等影视资料，排练一个微型情景剧，展示当时烽火连天的奇特斗争场景，在班级交流展示。

笃志与践行

参观江苏国家安全教育馆　了解无名英雄的丰功伟绩

坐落于南京雨花台景区的江苏国家安全教育馆，是国内首家独立成馆的以国家安全教育为主题的综合性展馆。展馆通过史料图片展示、仿真模型、场景再现、情景互动等形式，展示了我党隐蔽战线斗争的光辉历程，彰显了无名英雄们的丰功伟绩，是国内唯一一个以国家安全教育为主题的全国爱国主义教育示范基地。馆内众多史料、展品，是党的隐蔽战线历史的生动记录，是信仰力量的真实见证。

● 参观江苏国家安全教育馆，了解展品背后的中国共产党隐蔽战线斗争故事，以及无名英雄们的丰功伟绩，并以“与信仰对话，为青春导航”为主题，组织一次维护国家安全的交流会。

延伸与拓展

观看纪录片《红色特工钱壮飞》，搜集“龙潭三杰”（钱壮飞、李克农、胡底）的斗争故事，了解隐蔽战线革命先烈们的传奇人生。

“龙潭三杰”

马金牛

抗日“小鬼班”的领头雁

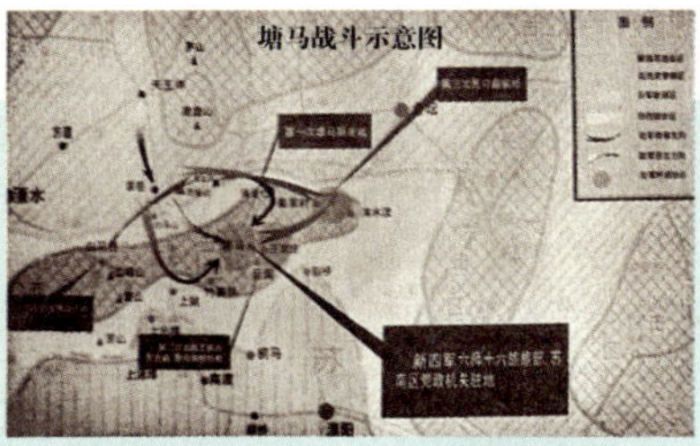

马金牛（1924—1943），江苏丹阳人。1938年参加新四军，奉命成立“小鬼班”，担任副班长。他多次执行传递紧急情报、阻击敌军等抗日行动，以塘马战斗中“死守戴家桥”一战最为著名。1943年8月，年仅19岁的马金牛牺牲于江宁方山。

“小英雄，马金牛，带领‘小鬼班’，死守戴家桥，狠揍鬼子威名传！”马金牛有多“牛”？“小鬼班”有多“鬼”？当你了解了“死守戴家桥”一战，就知道抗日“小鬼班”和马金牛的故事了！

放牛娃组成“小鬼班”

1924年冬，江苏省丹阳县里庄桥镇宜庄村一户姓马的贫苦农民家里，一个男婴呱呱坠地。这就是后来为革命英勇献身的抗日小英雄马金牛。

马金牛在弟兄四人中排行老二，全家靠父亲种8亩薄田和租种地主家的4亩佃田过活。一家老小衣不蔽体，吃糠咽菜，挤在一间破草房里。马金牛8岁就开始替地主放牛补贴家用。马金牛聪明又勇敢，是放牛娃们的头头，大家都叫他“牛司令”。

1938年初夏，新四军东进马金牛的家乡。眼见着日本鬼子在家乡烧杀抢掠，马金牛萌生了参军杀鬼子的念头。于是，他找到新四军民运工作队，要求参加新四军。当时的马金牛只有14岁，接待他的是茅山独立团一营二连指导员朱之生。

“你个头还没有枪高，怎么打鬼子？过两年再来吧！”朱之生见马金牛又矮又小，一口回绝了。见状，马金牛只能撒了个谎：“我已经18岁了，个子矮是生活折磨的嘛，你们不收我，我也不回去。”面对马金牛的苦苦纠缠，朱之生心软了，答应他参加，不过有个条件：回去动员几个小伙子一起来。

朱之生没想到这个条件对马金牛来说简单得很。他回去后在放牛娃中动员了8人，还有3个20岁上下的青年。朱之生把青年编到了连队，剩下的放牛娃组成了一个“小鬼班”。“小鬼班”在马金牛的带领下，犹如一群小老虎，作战非常勇敢。部队为了使“小鬼班”能够尽快成为合格的新四军战士，选派了一名年轻优秀的新四军战士当“小鬼班”班长。马金牛被作为重点培养的对象，被任命为“小鬼班”副班长。

马金牛入伍后，不但自己好学，还能教别的战士操练军事，事事争先创优。“小鬼班”在他的带领下成长得很快，成为一个什么也不怕的“牛犊班”。

“塘马战斗”美名扬

1941年11月28日，天还没亮，日伪军4000余人分四路包围了溧阳城西北50公里外的塘马村，一场震惊江南的浴血苦战打响了。

这里是新四军十六旅旅部和苏皖区党委机关驻地，驻扎的多是机关和后勤人员。

在撤退的路上，戴家桥成为堵住敌人前进的重要关口，这里一旦失守，千余名机关工作人员就无法撤离。这一艰巨的任务被“小鬼班”争取到了。此时的“小鬼班”已发展到18名战士，由马金牛带领。

在十六旅四十七团政委王直的亲自指挥下，“小鬼班”死守在戴家桥。一股敌人冲了上来，马金牛传令告诉战士们：“沉住气，等敌人靠近点，再靠近点。”

当敌人接近前沿阵地20余米时，马金牛一声高喊：“打！”战士们先是扔去一排手榴弹，接着步枪齐射，消灭了最前方的敌人。剩下的敌人落荒而逃，马金牛又率领小战士冲出战壕，继续扫射。

就这样，“小鬼班”一次又一次地打退了敌人的疯狂进攻。他们坚守戴家桥阵地，拼死

塘马战斗主战场——王家庄战斗发生地

血战5个小时，打垮了人数是自己十几倍的日伪军的进攻，掩护上级机关顺利突围。

战斗结束后，“小鬼班”和马金牛名扬江南战场，他们的英勇事迹上了《火线报》，新四军战士还编了一首歌谣赞颂马金牛：“小英雄，马金牛，带领‘小鬼班’，死守戴家桥，狠揍鬼子威名传！”

塘马战斗纪念广场

江宁热土祭英雄

1942年4月，为了加强江宁县地方武装力量，朱之生调任江宁县军事科长兼警卫连长。首长问朱之生有什么要求，他第一句话就是要带马金牛和他的“小鬼班”一同去。

就这样，马金牛带着“小鬼班”来到了江宁，加入了江宁县警卫连。

随后的半年里，朱之生和“小鬼班”一起在江宁建立情报网，组建民兵游击小组，在各乡都打下了群众基础。马金牛凭着自身的机灵，经常深入当地长工、牧童家里宣传抗日救国道理。他特别喜欢唱歌，走到哪里，歌声传到哪里：“天不怕，地不怕，塘马战斗我参加。”他唱的歌，就像磁铁一样，把一个个青少年吸引住了。驻地青少年都喜欢接近马金牛，亲热地告诉他心里话：村子里有没有坏人呀，哪个青年想参军呀……在新四军主力部队扭转塘马事件、皖南事变带给江宁人民的困难局面，恢复和发展江宁抗日斗争形势中，马金牛和“小鬼班”功不可没。

1942年4月，马金牛光荣地加入了中国共产党。在朱之生的直接领导下，马金牛工作出色，很快把警卫连“小鬼班”建立起来了。在敌、伪、顽、特多如牛毛的江宁土地上，“小鬼班”密切配合县警卫连，抓汉奸，捉特务，声东击西，灵活机智。面对如火如荼的江宁抗日战场，敌人恨得咬牙切齿，做梦都想消灭这支武装队伍，但总不能得手。

1943年秋天，朱之生带着一支去郭庄庙征收抗日公粮的部队，夜宿方山附近的李家庄，突然遭到敌寇包围。马金牛立刻率领全班小战士冲向敌人，掩护警卫连撤退，一排枪响，撂倒两个伪军。那一小股伪军在威风凛凛的马金牛“小鬼班”面前，顿时吓得魂不附体，转身就跑。马金牛哪能让敌人轻易溜走？他一口气追出李家庄、吴家庄。追到村外一片农田时，没料到这里正埋伏着凶恶的敌人。敌人的一颗子弹射中马金牛的腹部。马金牛忍着剧痛，开枪反击，继续阻击敌人，为警卫连和募粮人员的安

马金牛烈士墓

全撤离争取时间。警卫连和募粮人员撤出村子，渡过秦淮河，向龙都东阳圩安全转移。这时，又一颗子弹击中了马金牛的头部，他扔出最后一颗手榴弹，倒在了火光中。

战斗结束后，马金牛被葬于方山南坡。镌刻着“马金牛烈士之墓”的墓碑，代表着人们对这位19岁为中国人民反抗外辱、争取解放而献出年轻生命的抗日英雄的怀念。

探究与分享

走进故事 学做英雄

有一首献给中华民族抗日英雄的诗写道：“从懵懂的孩提时期就知道了你，你的形象就是小人书、连环画和露天电影片上那样高大无比。英雄的字眼，从此在我的心头挥抹不去，故事中你的每一个情节，都成了我们童年模仿的游戏。”各位青少年朋友们，有没有设想过如果你是当时的马金牛，会不会也做出和他一样的选择？在以下的情境中，作为有勇有谋、热情机灵的小金牛，你会想些什么，说些什么，做些什么？

● 以小组为单位，从以下备选故事片段中选择一个编写剧本，进行主题情景剧表演。

①朱之生对马金牛说：“你的朋友里有年岁大些的、愿意打鬼子的，你就领他们来当新四军吧。”没几天，马金牛果真领了十几个孩子来参军。（马金牛是如何说服孩子们来参军的？）

②马金牛到江宁后，凭着自身的机灵，很快熟悉了江宁的情况，经常深入当地长工、牧童家里宣传抗日救国道理。（为了熟悉江宁情况，马金牛会做些什么？他是如何向人们宣传抗日救国道理的？）

笃志与践行

那些年 我们“追过”的抗日小英雄

自古英雄出少年。抗日战争时期，中华民族涌现出了一批少年英雄。在民族危亡的时刻，他们跟父辈一起，用自己稚嫩的肩膀担起了沉重的责任。他们的传奇事迹

抗日小英雄

经过艺术家们的演绎，成了经典的歌曲、小说、电影，几十年来被人们传颂，经久不衰。

● 9月3日是中国人民抗日战争胜利纪念日。在这个特殊的日子里，请以“那些年，我们‘追过’的抗日小英雄”为班会主题，重温记忆中的抗日小英雄，铭记历史，捍卫和平！

延伸与拓展

方山烈士公墓

方山烈士公墓是1977年3月江宁县革命委员会为纪念在方山作战牺牲的马金牛、郑德胜两位烈士而修建的，位于江宁区淳化街道方山风景区东南山腰处。郑德胜烈士是江宁县抗日民主政府下属的方山区区大队的副大队长。1944年底，郑德胜率部护卫江宁县方山区区长徐力等干部，到方山附近执行抗日任务，1945年元旦，宿营地遭到了日军偷袭。为了掩护战友突围，郑德胜不幸中弹，壮烈牺牲。郑德胜牺牲后，与马金牛一样，被安葬于方山，长眠于这片他们用生命守卫的热土。建议同学们参观方山烈士公墓。

庄子中

漂洋过海　回国抗日

庄子中（1919—1945），马来西亚华侨。1937年12月从马来西亚回国参加新四军。1938年，加入中国共产党。为了国家的生存、民族的解放，他不惜长途跋涉回到祖国抗日战争的最前线。1945年8月中旬，庄子中在溧水张家岗战斗中光荣牺牲。

庄子中是马来西亚华侨。1937年7月7日，日军发动卢沟桥事变，全面侵华。庄子中得知这个消息，心急如焚，义愤填膺。邻居陈杨德等几位好友也常来找庄子中讨论回国抗战的事。经过多次商量，庄子中等几位华侨安顿好家人，于当年12月从马来西亚回到祖国，参加了新四军。1938年，庄子中加入了中国共产党。

会做衣服　善于打仗

1943年的秋天，庄子中在新四军第六师十六旅四十八团三营任副营长；1944年春，庄子中被调任该团特务营营长。几年抗战打下来，庄子中立下许多战功。1945年1月6日，新四军第一师师长粟裕率第一师部队到达浙江长兴仰峰岕、槐花坎地区，与十六旅会合。1月13日成立苏浙军区，原新四军六师十六旅四十八团特务营改称为苏浙军区第一纵队一支队特务营。庄子中被调到特务营任营长后，率领全营战士出色完成了上级交给他们的各项战斗任务。庄子中又高又瘦，脸黑黑的。他平时虽不爱讲话，却十分热情，团结战友，乐于助人。他会做裁缝，自己会裁剪、缝制衬衣，战友们问他：“你怎么还有这手艺？”他说：“我过去就是干这个行当的，如果你要裁剪，我可以帮助。”战友说：“我没有布料。”他笑笑说：“那等有了布料，我给你做。”不久，在一场战斗中，特务营缴获许多布料，上级决定给每位战士发点布料做衣服。这下可忙坏了营长庄子中，他带领几名会裁缝手艺的战士，连赶了几天几夜，做出一批衬衣。

庄子中还喜欢讲故事，尤其喜欢讲古代打仗的故事。有时，宿营在野外，天寒地冻，战士们一面烤火，一面听营长讲故事，就不觉得冷了。庄子中讲故事善于临场发挥。有一次，看到一名老农在放牛，他谈到牵牛鼻子时说：“牛只有牵住鼻子才能听你使唤，其他地方都不行。我们行军打仗也像牵牛鼻子，牛鼻子就是敌人的要害，抓住了要害，我们就主动了。”他说，敌人出来“扫荡”，我们就逼近敌人的主要据点，袭击它，捣毁它；当敌人回来的时候，我们又跳出外围去打击他们。敌人跟着你跑来跑去，主动权始终掌握在我们手里，牵着敌人走，这就是牵牛鼻子。他常常用简易生动的比喻来讲述一个作战观点。在他的影响下，战士们的文化水平提高了，战斗力也加强了。

围歼敌人　血洒溧水

1945年8月中旬，庄子中所在的一支队正向南京挺进，在途经溧水白马地区时，遇到了进犯的日军一个中队和伪军一个营共800余人的阻挠。庄子中分析战情后，决定诱敌深入，将敌围歼于张家岗地区。当时，一部分新四军部队正面出击，特务营沿着东面山坡迂回到敌人侧面，准备全歼敌人。当特务营迂回到村子东侧的时候，日军已经溃退到张家岗村子里，据守着村边阵地，作垂死抵抗。庄子中与特务营政治教导员须壮带着部队占据村子东南侧的一个土岗。岗子上有个坟包，当他和须壮两人利用坟包作掩护，在前沿阵地观察地形，研究敌人动态，寻找机会准备进攻时，不幸被敌人的子弹射中，两人壮烈牺牲。在这次战斗中，虽然营长庄子中和政治教导员须壮为抗日殉国，但战斗却取得了重大的胜利，歼灭日军大半个中队和600多个伪军，基本

溧水张家岗战斗遗址

消灭了溧水地区日军的势力，为溧水县城的解放创造了有利条件。

告慰英灵　迁葬陵园

2018年，因烈士们的长眠之地——白马镇白马村大塘自然村进行棚户区改造，为告慰烈士英灵，同时便于群众缅怀，溧水区决定将张家岗战斗烈士归葬溧水区中山烈士陵园，并为烈士们开辟新的墓区。

溧水区中山烈士陵园

2018年8月15日上午，在烈士牺牲地——白马镇白马村大塘自然村举行了简短的迁葬仪式后，武警护灵仪仗兵手捧骨灰盒乘车前往中山烈士陵园。在迁葬现场，按当地风俗将庄子中、须壮以及其他烈士墓中遗存分别迁入了骨灰盒里。

探究与分享

查阅红色档案　分享研究成果

张家岗战斗作为新四军在溧水组织的一场规模较大的抗日战斗，是抗战中南京地区的最后一仗。其采取的战术，被中国人民解放军第二十四军收入《战例选编》。请结合抗日华侨庄子中的故事，再查找相关资料，和小伙伴一起研究：为什么张家岗抗日战斗能成为载入二十四军军史的典型战例？

我们的研究成果

原因一：________________________________

原因二：________________________________

原因三：________________________________

笃志与践行

朗读先烈祭文　感悟革命力量

2018年8月15日，南京市溧水区隆重举行张家岗战斗牺牲烈士迁葬中山烈士陵园和悼念活动，祭奠在张家岗战斗中壮烈牺牲的营长庄子中、教导员须壮等33位为国捐躯的新四军战士，以下是祭文的节选：

祭文（节选）

四万万中国人，同仇敌忾；十四年抗战路，艰辛漫长。溧水大地，张家岗上。江南抗战，最后篇章。日寇垂死，负隅顽抗。子弹倾泻，乃疯乃狂。我军将士，血脉偾张。视死如归，锐不可当。

教导员须壮，庄子中营长，更有年轻战士，不知其姓名、家乡。胜利来临，殒身战场。

山川失色，草木忧伤。流水呜咽，黄沙飞扬。月落乌啼，哀此国殇！

烈士鲜血，换来红旗飘扬；烈士生命，赢得民族解放。浩气长存，大爱无疆。与天地比德，与日月同光。溧水人民，永志不忘。烈士精神，世世代代永远弘扬。

● 请你和同学们一起，用朗诵来表达对烈士们的深情！

延伸与拓展

溧水首部抗战纪录片《抗战中的红色溧水》共分三集，分别是《苏南抗战桥头堡》《苏南的“小延安”》和《烈士血·英雄地》。其中，第三集《烈士血·英雄地》热情讴歌了诸如散尽家财、奋起抗日的许维新，坚守铜山、英勇无畏的汤万益，漂洋过海、回国抗日的庄子中，少年英雄、誓死不降的张一郎等抗战英烈，纪念他们为建立苏南抗日根据地所做出的巨大贡献和牺牲。这部纪录片还被“学习强国”江苏学习平台选用，正式上线“红色江苏”栏目。

观看这部纪录片，更加深入了解溧水大地上革命英烈的英雄事迹。

晓庄十烈士

人生虽短　但很壮美

晓庄试验乡村师范学校（以下简称“晓庄师范”）的石俊、叶刚、谢纬棨、郭凤韶、袁咨桐、姚爱兰、沈云楼、胡尚志、汤藻、马名驹十人，恰青春年少，风华正茂，为了改造社会，造福民众，他们积极参与学生革命活动，后被国民党当局逮捕，于1930年先后被枪杀于雨花台。他们当中年龄最大的23岁，最小的只有16岁。

汇集信仰聚晓庄

1927年4月，春天的中华大地却充斥着腥风血雨。蒋介石发动“四一二”反革命政变，大批共产党人惨遭屠戮，一时白色恐怖，黑云压城。

天下之大，放不下一张宁静的课桌，各地的“清党”，迫使学生中的共产党员、共青团员、革命青年转移阵地。位于南京北郊劳山脚下的晓庄师范，便成了他们的一方净土，一时汇集了来自不同地区坚持革命的青年。

晓庄师范是中国第一所试验乡村师范学校，由人民教育家陶行知先生于1927年3月创办，旨在培养有农夫身手、科学头脑、改造社会精神的教育工作者。聚首在这里的同学，是一个优秀的群体，他们渴求知识，知行合一，立足乡村，服务农民，追求真理，心怀天下。石俊、叶刚、谢纬棨、郭凤韶、袁咨桐、姚爱兰、沈云楼、胡尚志、汤藻、马名驹，这十名同学就是他们中的杰出代表。

十竹青青冲云天

在常人眼中，革命英烈的形象是高大庄严的。其实，细数十位英烈的人生，同样有血有肉，鲜活生动，多姿多彩。他们刻苦学习，热爱生活，品格高尚，理想远大。由于崇高的追求，他们比常人更多努力，更有付出，更能担当，因此，他们短暂的人生也更加充实，更为丰富，更显风流。

1930年4月5日，南京市大、中学生为声援南京和记洋行工人的反帝斗争，进行了示威游行，并带动广大市民参与，声势浩大。

晓庄师范的学生队伍足蹬草鞋、高举大旗走在最前列。石俊、叶刚、谢纬棨、郭凤韶、袁咨桐、姚爱兰、沈云楼、马名驹是其中的骨干和积极分子。

蒋介石震惊之余，认定他一向反感的晓庄师范是这次风潮的主要发动者，断然下令教育部停办该校，并于当月12日实行查封。校长陶行知先生被迫流亡海外。

在敌人的通缉下，石俊等八人，有的秘密留在南京坚持斗争，有的暂避上海等地。7月至10月，他们和本校同学胡尚志、汤藻共十人，或参加南京暴动被捕，或被敌人追捕，并均于雨花台英勇就义。

他们十人，品学兼优，才华横溢。有人擅长写作，有人擅长表演，有人热爱科学，有人追求妇女解放……

“可爱的秋天到了，田里铺满着金黄色的地毯。青山换了一件紫红大袍，美丽得像晚霞一般娇艳……但是，有一片美丽的叶子，她却偏偏在这般可喜可乐的时候，感有一种莫大的悲伤呢。”叶刚的文字柔美深邃。

谢纬棨、郭凤韶热爱表演。谢纬棨出演了《爱的生命》《死要赌》等独幕话剧，还与陶行知先生合演过田汉的《生之意志》一剧，先生演老父，他扮阔少，可谓双璧生辉。郭凤韶在家乡就演过文明戏，而在剧社排练的《卖花女》一剧中，她担任主角，其出色的表演，给观众留下了深刻印象。1930年初，她计划当年创作戏剧文章30篇、儿童文学30篇等，活脱脱一个精力超凡的才女！若不是过早地就

《陶行知和晓庄英烈》油画

义，她能给世人留下多少美好的东西！

石俊出生农家，从小接触乡村田野，广袤的大自然使他对生物学产生了浓厚的兴趣。他把这些知识传授给当地的农民，还撰写了《小朋友与蛇》一文，以通俗生动的语言，宣传科普知识。

在晓庄师范为农民办的中心茶园里，在农村田头，经常飘来银铃般的歌声，特别是《镰刀舞歌》的旋律，萦绕在当地农民的耳际，这是姚爱兰在为农民演唱。她为农民唱歌，引来农民的欢声笑语，产生了很好的教育效果，被农民夸赞为“金嗓子”！

还有沈云楼的日记，胡尚志的文章……都如闪烁的星光，让人眼亮。

信仰至上人生美

这十人中袁咨桐是最年轻的一位。他牺牲时还是个孩子。他那短暂而绚烂的人生，强烈地撞击着每个人的心灵。

袁咨桐，1914年出生于贵州一个富裕的地主家庭，十岁那年，他入达德小学，学校老师黄齐生见他聪慧可爱，便收为义子。黄齐生乃贵州著名的教育家。袁咨桐在恩师的教诲下，从小就树立了远大的理想。

袁咨桐15岁时，随黄齐生到南京晓庄师范小学部读书。在学校，他把革命书籍中的道理讲给同学们听、讲给农民听。他是学校话剧社的活跃分子，还创作了一个剧本《玫瑰花》，向人们控诉了旧社会的黑暗和不平等，这个剧本由“晓庄剧社”演出，起到了很好的宣传作用。

是年冬，袁咨桐秘密加入中国共产主义青年团，稍后又担任了团支部书记。他曾对迟华讲过：“在晓庄师范学校受到新的教育，时间才一年，却远远超过以往十年寒窗的死读。”

第二年初，袁咨桐升入初中。他努力学习《共产党宣言》等进步书籍，革命思想逐渐成熟。不久，他组织领导了栖霞旅游斗争，并取得了胜利。

1930年4月5日，袁咨桐作为积极骨干分子，参加了声援下关和记工厂工人反帝斗争的示威游行，被捕入狱，经黄齐生出面援救获释。当年5月，在党组织加紧开展工人罢工的暴动准备中，袁咨桐在一次散发传单时不幸被捕。反动派见他年少，在两次过堂中利诱威逼，他都理直气壮地承认自己是共产党的人，但对组织秘密始终守口如瓶，出狱后继续坚持革命斗争。

1930年8月，组织上决定让他转移到上海，动身前他又一次被捕了。国民党宪兵司令谷正伦要求他在事先准备好的自首悔过书签字，并登报声明与共产党永远脱离关系。袁咨桐瞥了一眼悔过书，只见上面写着“误信共产邪说”等语，他断然拒绝了这个无理条件，并正言道：“一个人只要死得其所，虽死犹生。”他一把抓起悔过书撕个粉碎，并大声说：“我不是误信，我是相信，坚定地相信，共产主义一定能实现，并宁愿为之捐躯！”恼羞成怒的谷正伦，下令爪牙动用各种酷刑，企图从他口中挤出点东西。尽管衣服粘在伤口上面，动一下就疼痛难忍，尽管被折磨得死去活来，但他宁死不屈。

究竟是什么力量支撑他经受了常人难以承受的考验？从袁咨桐在狱中写给他二哥的一封信里，可以找到答案：“我们各有着不同的处境，有人在忍辱顺受，有人在观望徘徊，有人在勇往直前。一个人到了不怕死的地步，还有什么顾虑的？有了这种舍己为公奋斗的精神，还怕理想事业不能成功？”这种信仰至上、视死如归，正是雨花英烈精神的一个缩影。

1930年9月17日，袁咨桐在南京雨花台英勇就义。按照当时的法律规定：未满18岁或已满80岁的，不得处死刑或无期徒刑。黔驴技穷的敌人，灭绝人性地把他的年龄由16岁改为18岁。就义时，面对敌人黑洞洞的枪口，袁咨桐大义凛然，信念一如既往，高声疾呼：“共产党万岁！”

探究与分享

跨时空的理想碰撞

陶行知先生曾赋诗赞扬晓庄的青年革命者：

生来不自由，
生来要自由。
谁是革命者，
首推小朋友。

晓庄英烈犹如春阳下十杆青葱壮茂的新竹，拔节向上，舒枝展叶，直冲云天。春风化雨，在他们周围，会有更多春笋破土而出，茁壮成长。

- 同为“小朋友”的我们，该如何找准人生目标并为之奋斗呢？

笃志与践行

读诗抄　祭英雄

“血在沸，心在烧，在这恐怖的夜里，他死了！他死了！在这白色恐怖的夜里——我们的小同志，枪杀的，子弹丢进他的胸膛，躺下了——小小的身子，草地上，流着一片鲜红的血！……”这是“左联”战士柔石在听闻袁咨桐被枪杀后写下《血在沸——纪念一个在南京被杀的小同志》。

- 请同学们进一步了解晓庄十烈士的事迹，选择其中一位，为英烈写一首小诗。
- 晓庄十烈士均牺牲于雨花台。请同学们走进雨花台烈士陵园，通过向纪念碑敬献花圈、朗读革命烈士诗抄、参观烈士纪念馆、阅读烈士手抄家书等活动，向革命烈士表达深深的缅怀之情。

延伸与拓展

关于晓庄十位英烈的生命赞歌，同学们还可以观看纪录片《致未来书》。

ZHUANGJU YONGJI

壮举永记

国民党中央军人监狱里的斗争

“四一二”反革命政变的血腥屠杀并没有吓倒共产党人，国民党当局又大肆兴建监狱，妄图“感化”“诱降”“改造”共产党政治犯，位于南京江东门外的中央军人监狱就是其中之一。在中央军人监狱，以恽代英、陶铸、曹瑛、惠浴宇、刘顺元、王鹤寿、刘宁一等为代表的大批共产党人，虽然受到肉体、精神的双重非人折磨，但他们凭着坚定的信念，保持了共产党人的崇高气节，在国民党反动派设立的监狱里，开辟了对敌斗争的新战场。

我以我血荐轩辕

南京江东门侵华日军南京大屠杀遇难同胞纪念馆的西边，就是原国民党中央军人监狱。当年这一带地方偏远、人烟稀少。这所坐北朝南的监狱，直属国民政府军政部，受陆军署军法司的监督指挥，人称“天牢”。1930—1937年，全国各地被国民党逮捕判刑，被认为比较重要的政治犯，都因受“军事裁判”，先后转到“天牢”监禁。全监共关押1000多人，其中政治犯约占三分之一以上。

这座监狱规模很大，监房分为东、西、中、南四大监，每一监各有十几间到三十几间不等的牢房。监狱内另有水牢四间、刑场三处。围墙高达七米，上设电网，四角设有岗楼，墙外还有深沟护绕。拱式的监狱大门，戒备森严，一派杀气腾腾，非常恐怖。许许多多优秀共产党员和革命战士，怀着为共产主义事业“大好头颅拼一掷”的凛然正气，用坚定的意志、满腔的热血和宝贵的生命，在南京中央军人监狱里，谱写出一曲曲共产党人的正气歌。

恽代英，这位英勇的革命壮士，就曾被监禁于此。1930年5月6日，恽代英在街头被巡捕搜查，因身上有一包传单而被捕。恽代英化名王作霖，一口咬定传单是一个陌生人出钱请他带过马路的。他遭受巡捕们三番五次的毒打，面容被打得变形，被引渡到龙华看守所后，敌人不知恽代英的真实身份，判了他五年徒刑。

1931年2月，恽代英被转移到南京中央军人监狱。后经周恩来、瞿秋白等设法营救，即将减刑出狱。可不幸的是，由于顾顺章叛变，在狱中恽代英身份暴露，当天恽代英就被关进“智”字监的单人监房。不久，军法司司长王震南亲自监刑，在操场旁的菜地里将恽代英杀害。临刑前，恽代英痛斥国民党，高唱《国际歌》，这一幕，令人热血沸腾。

36岁的恽代英，不图追求自己的幸福，为实现共产主义理想，为创造全中国人民的美好生活，献出了宝贵的生命。面对国民党的屠刀，他大义凛然，激励着更多的共产党人和革命群众继续战斗。

生命不息　战斗不止

中共十二大当选为中央纪律检查委员会委员的陈坦同志，1930年在上海从事地下工作时不幸被捕，判刑后住的就是恽代英住过的牢房。他在后来的回忆中多次提到，听难友们讲恽代英在狱中斗争的许多感人事迹，并学唱恽代英用《苏武牧羊》的曲子填写的反映当时革命形势和任务的歌曲：“全国工农都起来，苛捐和杂税，水旱又兵灾，勒命租，剥皮债，做工苦难挨。乡村有教堂，城市有租界，屠杀血成河，压迫愁似海，这是帝国主义、国民党统治的祸害。革命高潮涌，红旗遍国中，大示威，总罢工，全国齐暴动。抗租灭地主，做工八点钟，打倒国民党，政权归工农，工厂、矿山、铁路、银行，一切都充公。”在狱中，每当陈坦唱起这首歌的时候，就感到浑身充满了力量，决心继承革命先烈遗志，顽强地斗争下去。难友们相互勉励，在阴暗潮湿的牢房里，不断学习，团结一致，用集体的智慧和力量，与敌人进行一次又一次的斗争。而每一次胜利，都会鼓励着难友们战斗到底。

一天早晨，看守长在南监毒打一个犯人。这个年轻人姓晏，是个政治犯。他喜欢文艺，爱好诗歌。可不知他违反了哪条规定，遭受了看守长的毒打，难友们为此十分愤怒。这时，号子里有人高喊：“反对打人。”对面号子里的陶铸也立即高呼：“反对打人。”紧接着监筒里所有的难友都喊了起来。看守长跳到监筒中间大叫：“谁喊的？”难友们英勇无畏地回答：“我！我！我！”看守长恼羞成怒，走到第一个发出喊声的号子里，气势汹汹地拽出第一个高呼的人，举手就打。

平时打惯人的看守长，万万没有料到这个人竟然站稳脚跟，摆开架势，回他一个大巴掌，而且把他给打蒙了。几个看守连忙跑过来，一个人叫嚷着：“钟真才，你好大的胆。”他们一拥而上，把钟真才拖走了。

“钟真才”是曹瑛在狱中的化名，他已是第二次入狱了。第一次被捕是1931年1月，时任中共南京市委副书记，但他说自己是做生意的，敌人不知他的真实身份，不久便释放了他。1932年12月，曹瑛在上海任沪中区委书记时，因叛徒出卖再次被捕，被判了无期徒刑，关在国民党中央军人监狱。这次因为反对看守长对难友的非人虐待，曹瑛被敌人拖去毒打了一整天，放回号子时全身伤痕，两只手被打得肿胀，好多天端不了饭碗。看守长为了解恨，又给他钉上大镣——半步七斤大镣。曹瑛因为长期戴镣，出狱后很长时间都还是走着“镣步”。这次斗争之后，敌人随意打人事件有所减少。

牢房狭小阴暗，由于十几个或二十几个难友挤在一间号子里，空气污浊，令人窒息。常年只有青菜、冬瓜、豆芽和发了霉的腌菜萝卜条。这种恶劣的生活条件，使得狱中难友们得胃病、拉肚子、咳嗽吐血的人越来越多。

共产党员陈保礼患了肺病吐血，这种折磨人的“天牢”，使他的肺病越来越严重，于是被送进病监。不久，看守人员草率宣布陈保礼死了。几个难友闻讯，要求去见他一眼。当难友们来到停尸房准备告别时，发现陈保礼还有气息，不过只剩下皮包骨头了。陈保礼顽强地坚持着，与难友们见上了最后一面。

要活下去！要战胜种种残酷的折磨，争取将来出狱继续为党和人民工作、战斗！这成为全监所有共产党人的信念。在阴暗、潮湿、狭小的牢房里，难友们互相勉励，坚持锻炼，团结一致，发挥集体的智慧和力量与敌人斗智斗勇，开展了一场又一场的狱中斗争。

国民党中央军人监狱东大监现状

百战归来认此身

1937年7月，日本帝国主义大举进攻中国。在全国人民要求联合抗日、释放政治犯的强烈呼声中，狱中难友们曾经节食一天，把节约的囚粮支援前方的抗日将士。在中国共产党的不断倡议、批评和推动下，国民党政府迫不得已，于8月份释放了南京中央军人监狱的一些刑期较短和坐满了三分之一刑期的政治犯。

国民党中央军人监狱旧址

出狱较早的共产党员有黄文杰、王鹤寿、刘顺元、郑绍文等同志。1937年9月26日，一辆马车到达中央军人监狱大门前，这是周恩来、叶剑英派来的马车。出狱不久的黄文杰下了马车，代表八路军南京办事处，把陶铸、曹瑛、赵希愚、肖桂昌、顾玉良、周云德、陈曾固七位难友接出了监狱。

马车飞快地奔驰着，陶铸敞开胸怀，昂首四顾。为了庆祝走出“天牢”，他兴高采烈地对大家说：“咱们拍一张照片好不好？我们留个纪念嘛！”大家说：“好！好！好！”他们下车后，在一家较小的照相馆里拍了合照。曹瑛同志还在照片的上方写下了七个字：“百战归来认此身。”

探究与分享

留得豪情作楚囚

在国民党中央军人监狱，无数革命先辈凭着坚定的信念和对党、对革命事业的无限忠诚，在“最黑暗的地方”坚持对敌斗争，恽代英就是其中的代表。牺牲前，他写下了气吞山河的《狱中诗》：“浪迹江湖忆旧游，故人生死各千秋。已摈忧患寻常事，留得豪情作楚囚。”

恽代英烈士雕像

● 请结合上述故事提炼革命先辈在国民党中央军人监狱斗争的特点。

笃志与践行

“重回”生死交集的英雄之路

2009年，国民党中央军人监狱旧址被确定为“南京重要近现代建筑”，部分建筑作为文物得以保存。今天，我们走进监狱旧址，踏入历史深处，一个个生动鲜活的故事、顶天立地的人物，再现了那段烽火岁月。监狱里的磨难和斗争、“打倒反动派”的呼吼、刑场上的《国际歌》等，成为新民主主义革命时期一再呈现的悲壮画面。从牢狱到刑场，是一条血染的英雄之路，革命先烈以生命践行了自己的誓言。继承他们的遗志，实现他们的理想，是我们义不容辞的责任。

● 请和小伙伴一起策划“步行者纪念活动”方案，在清明节或建党节步行去革命旧址悼念先烈，并利用班会或晨会交流活动感想。

延伸与拓展

除了故事中的国民党中央军人监狱，还有位于老虎桥的原江苏第一监狱，位于晓庄的原首都反省院，位于瞻园路的原首都卫戍司令部（宪兵司令部）看守所，位于小营的原南京第一陆军监狱，位于宁海路的原宁海路看守所等，都曾关押过中共党员和爱国志士。如果同学们想进一步了解在国民党监狱中革命者的斗争，可以登录“中国南京红色在线”网站浏览相关内容。

永利铔厂中共地下党组织护厂斗争

永利铔厂是1934年经国民政府实业部批准，由中国化工之父范旭东先生创建的中国最早的化工厂，被称为“远东第一大厂”，1937年生产出具有世界先进水平的“红三角”牌硫酸铵。其建立和发展真实展现了民族工业发展的历史轨迹，是在中国共产党影响、领导下，爱国志士抗击敌寇、抵御反动派、发展实业的真实写照。2018年1月，永利铔厂入选“第一批中国工业遗产保护名录”。

播火种　开辟革命新天地

永利铔厂在创立伊始，就有着强烈的“实业救国”“民族自强”精神，在抗日战争时期面对侵华日军的威逼利诱始终没有屈服。抗战胜利后，根据上级部署，中共南京市委决定选派一批党员设法打进一些尚未建立党组织的工厂、机关和学校开展工作，为迎接全国的解放做准备。王春海经同乡永利铔厂钳工王勇鸣介绍，于1946年7月考进永利铔厂当电工。王春海原在的南京下关华同运输行是我党的地下交通站，组织上给他的指示是设法站稳脚跟、广交朋友，从中物色对象，建立组织，为壮大党的队伍打下基础。

根据党组织的指示，王春海进厂后广泛地同工人交朋友，进行工人团结起来才有力量的宣传，并有意识地引导开展一些自发斗争，培养工人的反抗精神和斗争意识，很快就团结了一批工人。在中共南京市委工人工作委员会委员高骏的主持下，永利铔厂地下党支部在西厂门外凤凰山的南山坡上正式成立，王春海任支部书记，张亮是宣传委员，李文范是组织委员。活动的开展和党组织的建立，为永利铔厂革命斗争的深入持久开展奠定了坚实的基础。

永利铔厂建在六合，交通不便，信息闭塞，在很大程度上影响了职工觉悟的提高和工作的开展。职工的生活枯燥单调、精神苦闷，青年职工对此尤为不满。为了打破这种局面，广泛地发动群众，1946年底，张亮在三村工人宿舍中建了一个小型图书阅览室，作为联系群众、传播进步思想的阵地。1947年春天以后，篮球队、足球队、排球队、乒乓球队和口琴队等相继建立并逐步活跃起来。党支部建立后，更加明确要以更多的精力，继续建立和扩充各类文娱团体，联系群众，冲破障碍，消除隔阂，团结职工，发现积极分子，为今后的斗争创造条件。

王春海根据北方工人的爱好，同李文范、王勇鸣、刘宝桂、刘立民、韩定国等于1947年3月成立海王平（京）剧团，当年的五一国际劳动节在厂内演出，受到职工和家属们的普遍欢迎。1948年元旦演出了具有进步意义的四个独幕剧，以后又相继排演了柯灵与师陀编剧、揭露国民党黑暗统治的话剧《夜店》和曹禺的名剧《雷雨》。在一系列的群众活动中，党支部发现培养了一批积极分子，为党组织的扩大和组织工人开展自觉斗争做了充分的准备。

建工会　凝聚力量勇斗争

解放战争期间，永利铔厂爆发了工人为争取自身权利、改善生产管理、生产组织合理化的维权运动。

永利铔厂生产合成氨的主要设备——氢氮气合成压缩机

工厂从1946年复工到1948年期间，是资本家获取利润的黄金时期。但与此同时，工人的待遇却未得到丝毫改善。特别是一线的值班工人，没有休息日，不分昼夜，每天苦干八小时，资本家只给两个馒头、两片大头菜充饥。党支部及时注意到了这一情况，决定因势利导，于1948年1月下旬组织工人开展“点心斗争”。

起初，工人们对送来的馒头拒绝接受。资方立即将两个馒头改为四个糖包子，继而又改为四个肉包子，但仍遭到工人们的拒绝。斗争策略上，党支部除了动员白班工人支持值班工人外，还要提高工人的点心标准，以争取他们的支持。一天，部分工人下夜班后，把点心扔进了资方的办公室，以示斗争的决心。厂事务部部长、军统特务屈义旬恼羞成怒，找来了厂警队长密谈，企图镇压。高骏及时到来，根据党支部的汇报，针对当时的情况明确指出：要告诉厂方，再不解决，到了点就回家吃饭，吃饱了，再来开工。资本家就害怕化工车间停停开开，听说工人有了这个主意，非常紧张，于是斗争的局面打开了。李文范等五名工人代表在旭东小学和资方谈判，迫使资方满足了工人的要求，给值班工人专门设立了点心厨房。从此，值班工人的待遇有了明显的提高。这是工人们经过将近半个月斗争才取得的成果，工人由此体验到团结的力量。

1948年3月14日，在工人们维权的背景下，永利铔厂成立了产业工会。工会成立后，工人们就将“护厂保家”作为重要的职责。南京解放前夕，永利铔厂产业工会成立一周年时，工人们曾提出：“‘护厂保家’，厂是势在必保，而家是每个人的依靠和归宿，当然也要保。就公司而言，有我们的‘家’，才有公司的‘厂’；就我们而言，有公司的‘厂’，才有我们的‘家’。所以‘护厂’‘保家’是一而二、二而一的事，那么护厂保家就是我们全体同仁的共同目标。”工人们看法一致，信念坚定。

反搬迁　保护工厂迎解放

1948年秋，是革命与反革命力量决战的前夜。永利铔厂党支部根据上级的指示，确定了依靠工人、团结职员、争取厂方的方针，并立即展开了紧张的护厂斗争。首先布置党员和积极分子在职工中加强宣传教育，突出说明“时局紧张，到哪里都一样有危险。工人靠做工吃饭，要以厂为家，离开了工厂就等于失业”的道理。接着提出了“职工团结、劳资合作、防火防盗、共渡难关”的口号，以稳定人心和局面，90%以上的工人自愿留厂参加护厂。

中科院院士、著名勘查地球化学的开拓者与奠基人谢学锦先生恰逢此时进入永利铔厂工作。据他回忆，厂长李承干，原国民党中将，是一位非常正直的进步人士。他坚决反对将永利铔厂迁往台湾，并组织成立了一个五人小组，协助保护工厂。考虑工

永利化学工业公司硫酸铔厂硝酸部

人住在厂外是当时最不安定的因素，五人小组讨论决定把工人都搬进厂内来居住。他们挨家挨户地做工作，动之以情，晓以大义，并说服了许多高级职员将房屋让给工人们居住。总工程师谢为杰带头把工人们请到家里面来住，带动所有的人都这样做。待全部工人都搬进厂内居住后，封锁大门，电网通电，囤积粮食，并发枪给工人自卫。因此，永利铔厂一直很安定，直到渡江战役前夕。

随着国民党在战场上节节败退，社会部特务张维烈等人的反动面目日益暴露，多次提出工厂要搬迁，叫嚷“搬迁工厂是政府的命令，能搬的都要搬走，搬不动的要炸毁，不能给共产党留一粒米、一颗螺丝钉。谁要是反对搬迁，谁就是通匪”。

为了保护工厂，在党支部的领导下，永利铔厂建立了同仁互助会，邀请资方和高级职员、工程技术人员参加。在反对迁厂问题上，做到团结大多数，特别是团结工程技术人员参与斗争。一直到解放，工厂一颗螺丝钉都未受到破坏，党的组织也未遭到破坏，南京解放后很快就复工生产。

探究与分享

回顾斗争历程　探寻成功原因

1948年3月14日，六合县永利铔厂产业工会正式成立。自从工会成立，“护厂保家”从未停歇。经过56天的斗争，两名被无故开除的工人回到机电部复工，第一回合的胜利在工人中引起极大的震动，工会的威信得到提高。党支部根据上级“要关心工人的切身利益，从经济斗争着手，逐步引导到政治斗争上来”的指示，为工人争取到增加50%的工资，以及每月发八斗八升米和每年发两套衣服的实物物价补贴。党领导工会在维护工人权益、反对搬迁、保护工厂等一系列工作中发挥了极其重要的作用。

● 和同伴一起，探寻永利铔厂工会斗争成功的原因。

笃志与践行

宣传民族化工的丰碑　助力实体经济的发展

永利铔厂作为远东第一大厂，是民族工业的标杆，它历经一次又一次的护厂斗争，最终回归人民的怀抱，为新中国化学工业的发展、人才培养和科技创新做出了巨大的贡献。中华人民共和国成立后，1952年永利铔厂更名为公私合营永利宁厂，1965年改名为南京化肥厂，2005年成为中国石化集团南京化学工业有限公司。永利铔厂是民族化工的丰碑、实业报国的典范，旧址“南化公司厂史陈列馆”尚存部分珍贵文物。

● 走访“南化公司厂史陈列馆”，溯源永利铔厂早期创业发展情况，收集更多民族工业发展的图文资料，制作小报进行宣传，让更多人了解中国发展实业的艰辛及老一辈革命者的丰功伟绩。

延伸与拓展

2018年1月，永利铔厂入选“第一批中国工业遗产保护名录”。工业遗产是人类文明和中国民族工业发展的见证。位于南京周边的民族工业遗址还有金陵兵工厂（原名金陵机器制造局）、浦镇机厂、民国首都水厂、民国首都电厂等，可选择感兴趣的走访了解。

新四军东进苏南

“东进，东进，我们是铁的新四军。”这一首军歌吹响了新四军东进的号角。新四军东进，包括第一、第二支队和第六团东进苏南地区，第四支队东进皖中、皖东地区，以及挺进纵队创建苏北根据地。1938年，新四军东进苏南，点燃抗日烽火。南京南郊的高淳是新四军东征进入苏南的第一站，这里成为军民抗击日寇的疆场，一幕幕炮火纷飞、鱼水情深的故事在此上演。

1938年，党中央指示新四军挺进苏南，发动群众，独立自主地开展敌后作战，建立以茅山为中心的苏南抗日民主根据地。在进行充分的战略侦察后，5月中旬，新四军第一支队在司令员陈毅、副司令员傅秋涛的率领下，从皖南岩寺向苏南进发，拉开了东进抗日的序幕。

东征初抵高淳　宣传抗日救国

高淳，是皖南通往苏南的必经之路。新四军东进抗日，这里成为进入苏南的第一站。1938年6月1日，第一支队分三个纵队，从安徽南陵越过敌人的铁路封锁线，6月3日抵达宣高边境的狸头桥。当天夜晚，陈毅率领第一支队从狸头桥登船，渡过固城湖，

新四军第一支队挺进苏南

于4日凌晨抵达高淳县城。战士们分驻于淳溪镇及附近的东甘、姜家、南塘等村庄，司令部设在淳溪镇当铺巷78号的吴氏祠堂内。

到达高淳县城的当天上午，陈毅顾不上连续行军的疲劳，拜访了国民党高淳县县长杨鼎侯。交谈中，陈毅了解到日寇占领高淳时犯下的暴行，以及目前人民生活的情况，向杨县长讲述了共同抗日的有利条件，并表明自己对光明前景充满信心。半天的长谈，这位亲历日寇暴行的县长，被陈毅的学识和气度所折服，表示愿意共同抗日。下午，陈毅又拜会了赵愚山、陈安愚等地方士绅，向他们宣传新四军的抗日宗旨和统一战线政策，取得他们的支持。

陈毅

第二天，陈毅应国民党县政府的要求，在淳溪镇东平殿广场出席了由工人、农民、商人、学生、教师等各界人士参加的群众大会，向老百姓宣传抗日。陈毅身穿灰色土布军装，脚穿草鞋，神采奕奕地在会上进行了三个多小时的抗日演讲。他结合国内外形势宣传抗日救国十大纲领和抗日民族统一战线政策，号召军民各界团结起来共同抗日。陈毅深入浅出、热情洋溢的讲话，赢得了参会者一阵阵掌声。

新四军战士则走上淳溪镇街头，张贴布告、书写标语宣传抗日。一支队战地服务团还在白公祠戏楼演出《放下你的鞭子》等街头话剧，演唱《松花江上》等抗日救亡歌曲，激发老百姓的抗日热情。

陈毅从繁忙的军务中抽出时间到农民家中了解民情，开展社会调查。当他得知苏南的六月正是夏收夏种的黄金季节时，亲自召开干部会议，布置部队帮助农民抢收抢种。战士们主动为农家扫地挑水、耕地插秧。见过国民党反动派军队和日军暴行的当地人，对这支陌生部队，由警惕、戒备转向了支持、拥护，并踊跃报名参军。人们争相转告：这是一支老百姓的好部队。6月7日，新四军第一支队奉命离开高淳向茅山进发，群众夹道相送，依依不舍。

军民鱼水情深　共筑红色堡垒

1938年，陈毅带领的一支队在高淳的抗日宣传活动，为村民们埋下了抗日的种子。之后，新四军部队多次在高淳作战，在那铁血抗战的烽火岁月，西舍作为抗战时期共产党领导的溧高县抗日民主政府所在地，像一座坚不可摧的红色堡垒，上演着军民鱼水情深的抗战诗篇。

1944年的一天，溧高县安兴区的一个古村落里军歌嘹亮，一队队穿着灰色军服的新四军战士正在认真地操练。村子四周，有零星的牧童正在放牛，他们似乎有些心不在焉，但眼睛却一直盯着村外的方向。进村的道路都已经设了卡，陌生人需要路条才能进入村中，没有路条的由村里的熟人担保才能放行。

这座全民皆兵的村子就是西舍，是当时溧高县抗日民主政府所在地。1943年11月下旬，新四军十六旅取得溧高战役胜利后，苏南区党委决定在位于高淳、溧水、溧阳三县结合区的西舍村建立溧高县抗日民主政府，扩大茅山抗日根据地。1944年7月，溧高县抗日民主政府成立，县委、县政府机关设立在西舍村大祠堂内，下设公安局、财经局、文教科、货管局、财务科等，下辖八个区：安兴、韩固（韩村与固城合并）、东坝、强埠、周城、新桥、韩胡、城关区，跨高淳、溧水、溧阳三县边境。朱春苑任溧高县抗日民主政府第一任县长。

抗战时期，西舍村内设有兵工厂，由村里民兵和新四军战士共同生产，对武器进行维护和零件更换，并组装手榴弹与子弹，就近解决了新四军战士武器维修和弹药供给问题。此外，西舍村还办有纺织厂，装备有织布机2台、织巾机5台，40多名工人每天可以生产毛巾100多条、棉布100多尺，保障了新四军的被服物资供应。

除了后勤保障上的支持，村民还常帮新四军站岗放哨，侦察敌情。新四军侦察班的战士，也常借用村民的衣物和农具，装扮成农民，来往于根据地与敌占区。

在那段战火纷飞的岁月里，英勇善战的新四军将士们保护了西舍村免遭日寇侵扰，村民们则成为支持新四军抗战的坚定力量。军民齐心协力，将西舍村打造成了名副其实的“抗日红色堡垒”，共同书写了一段苏南抗战的传奇。

探究与分享

品读红色诗文

陈毅博学多才，在抗战期间留下了不少气势磅礴的诗篇，如《梅岭三章》《新四军颂歌》等。初到高淳，陈毅便战地抒怀，写下了诗作《东征初抵高淳》。品读诗作，你知道诗作描写了怎样的场景，抒发了陈毅怎样的情怀吗？

东征初抵高淳

陈毅

波光荡漾水纹平，河汉沟渠纵复横。
扁舟容与人如画，抗战军中味太平。
堤柳低垂晚照斜，农家夜饭话桑麻。
兵船初过群疑寇，及见亲人笑语哗。
江东风物未曾谙，梦寐吴天廿载前。
此日一帆凭顾盼，重山复水是江南。
芦苇丛中任我行，星星渔火水中明。
步哨呼觉征人起，欣然夜半到高淳。

● 我的品读感言：

笃志与践行

走进红色堡垒

西舍红色堡垒教育基地现有溧高县委县政府、溧高县抗日民主政府大会堂、革命烈士纪念碑、溧高县国华初级中学、溧高县纺织厂等13处革命旧址、场馆，展览面积4000多平方米。2016年6月被中共南京市委党史工作办公室命名为党史教育基地，2017年3月被纳入高淳区“一馆多基地”党性教育专线。这里处处可见图文并茂、内容丰富的宣传社会主义核心价值观的壁画，家家户户门口挂着的大红灯笼上还能看到“百善孝为先”“诚信是金”等警句。西舍村以其特有的红色文化，吸引很多人前来参观学习。

● 激情燃烧的岁月，造就了西舍人红色的情怀。走进西舍，走访老人，踏寻红色印记，感受红色文化，记录你的探寻心得。

拓展与延伸

在南京，竹镇市抗日民主根据地、横山县抗日民主政府旧址等，曾经都是抗日根据地，新四军和当地群众为夺取抗战胜利谱写了可歌可泣的篇章。利用假期，和同学一起走进这些敌后抗日根据地旧址吧。

首次缴获日军大炮的赤山之战

1940年春，日伪军不断增加兵力，反复对茅山根据地进行“扫荡”。新四军江南指挥部第二支队出句容向赤山转移，巧遇湖熟日军一个中队拖着九二步兵炮到赤山“扫荡”。经过三个多小时激烈战斗，全歼吉田中队100余人，俘日军2人。首次缴获日军九二式步兵炮，大展我军军威。

抗日根据地遇强敌

赤山，位于南京江宁区湖熟街道东部，因山体呈赤色而得名，山下环绕句容河。

1940年5月13日，新四军江南指挥部下辖二支队直属队和四团三营在副司令员廖海涛的率领下，由句容县的葛村绕过赤山湖，转移到赤山脚下的窦家边。赤山一带地形比较复杂，群众抗日热情很高，所以便于部队隐蔽。这里距湖熟镇只有七八公里，距南京也不过三十公里。不久前，日军南甫旅团冈本联队在湖熟镇构筑据点，驻扎了一个加强中队，作为守备京畿的要邑。因此，廖副司令员在部队宿营的当晚，便让尹参谋通知三营黄玉庭营长和范钦洪教导员，加强侦察警戒，做好随时投入战斗的准备。

翌日上午，突然赤山顶上连响了两炮。部队立即全副披挂，进入战斗位置。廖海涛副司令员也当即背上手枪，拿起望远镜，迈开裹着绑腿的双脚，一口气登上了赤

赤山全景

山西北的山坡。“是鬼子，不是伪军！”廖副司令员边观察边说，“刚才敌人对赤山开炮是进行火力侦察，并不知道我军就住在赤山脚下的窦家边。今天要四面包围，打歼灭战！”

进军中的新四军

人民战争斗顽敌

来的鬼子是南甫旅团冈本联队的吉田中队，大约100多人。这帮鬼子，装备精良，疯狂得很。虽然二支队的战士是粟裕副司令员从浙南带来的老红军部队，不怕鬼子那种“嗷嗷”叫的虚张声势，但装备实在太差了，有的同志手里拿的还是梭镖、大刀，要把这100多鬼子一口吞下去，也难免会有点卡喉咙。当鬼子走到赤山脚下的河堤上时，三营七连和特务连的机枪同时开火，一下子把鬼子干掉了三分之一。剩下的慌忙滚到河堤下，疯狂地进行抵抗。鬼子的三八式步枪，不但密集，而且准确。一门九二式步兵炮，也连续向我阵地射击。一时间，打得七连和特务连的战士很难冲上去，战斗进入了胶着状态。

随着一声“冲啊，叫鬼子有来无回！”三营教导员范钦洪，带着九连适时地从侧翼打了过来。鬼子不得不分散火力，两面应战。七连当即利用地形向前运动，准备翻过堤去和鬼子“刺刀见红”。可一条小河拦住去路，桥上的桥板也被群众为阻止鬼子撤走了。正当大家准备泅渡时，身后传来一声：“同志们，勿要急，桥板来了！”声音刚过，几个扛着桥板的青年就飞快地赶到跟前。后面，还拥着一大群人，拎点心的、提开水的、抬担架的，还有拿扁担、握锄头、拿镰刀的，熙熙攘攘，又喊又叫：“同志们，狠狠打，把鬼子斩尽杀绝！”

赤山，是座只有200多米高的小山，四面都是村庄。他们这一呼喊，各村都涌出许多人来，也一齐喊：“冲啊，杀啊，日本赤佬逃不掉啦！”满山遍野，到处喊杀，这人民战争的声势，把鬼子那所谓武士道精神都吓跑了。等七连过桥翻堤一看，哪儿还有鬼子踪影！全都钻到窦家边村前的拱桥下面去了！不过，鬼子仍然负隅顽抗，死不缴枪。而我们，虽然可以用火力封锁桥面，封锁道路，但没有曲射炮，一时无法消灭他们。冲下去吗？会伤亡很多。捉不到瓮中之鳖，还可能被反咬一口！

瓮中捉鳖歼全敌

敌人被歼的大桥遗址

时间不等人，敌后作战，必须速战速决。廖副司令看了看手表，自打开火到现在，已经过去三个多小时！赤山左边，是敌人的湖熟据点，相隔不过十几里路。虽然，预先已派出打援部队，湖熟之敌至今未敢轻举妄动，但敌人若从南京来援，四个小时也可赶到。再拖下去，是不行的！他当即命令各连集中所有的手榴弹，选一批投得又远又准的同志，采取齐投的办法炸翻鬼子，结束了战斗！

赤山一仗，全歼吉田中队，首次缴到了九二式山炮，保卫了苏南抗日根据地，保障了江南指挥部北上战略任务的实现，是新四军江南指挥部成立以来取得的重大战役胜利，极大地鼓舞了江南新四军及广大人民群众。陈毅司令员发来电报：“海涛同志并转参加赤山战斗的同志们，得悉你们在赤山歼灭日寇一个中队，缴获机枪军用物资甚多，取得重大胜利，特此传令表扬。望再接再厉，争取更大胜利！”廖海涛副司令员也亲自给《火线报》写了一首诗：“坚持江南抗敌军，日寇惊呼胆寒心。赤山之战缴敌炮，茅山烽火震南京。”

赤山之战，是人民智慧、人民战争的胜利。

探究与分享

坚持苏南抗日　提振抗战信心

赤山之战后，日军南京大本营调集了5000多名日伪军，配备200多骑兵，80多辆坦克和装甲车，分成数路，由南京、江宁、溧水、句容、金坛、天王寺等地倾巢出动，向江溧句抗日根据地进行大“扫荡”。东进抗日的新四军在南京城下与5万余日伪军进行了艰苦卓绝的浴血奋战，把抗日游击根据地范围扩大到南京城郭近郊。其间经历了东西宋庄突围战斗，新二支队坚持茅山、横山敌后反“扫荡”。塘马之战，战斗激烈、英勇悲壮，重创了日寇，粉碎了敌人企图消灭新四军第16旅和苏皖区党政机关的阴谋。

苏南敌后战场，自陈毅、粟裕率主力渡江北上之后，虽然进入形势严峻复杂、斗争异常艰苦的阶段，但在苏南敌后党政军民的共同努力下，不仅坚持和巩固了原有阵地，而且有了新的发展，有力阻止了顽军第三战区主力的北犯，积极支持和保障了苏中抗日根据地的发展。

● 1941—1942年，是中国人民抗日战争非常困难的时期。假如你是新四军的指战员，赤山之战后如何向老百姓动员，发动群众参与抗击日本侵略者的人民战争？

笃志与践行

打造现代化军事装备　筑牢民族复兴的钢铁长城

全面抗战爆发时，已受世界列强近百年侵略掠夺的中国，现代工业极为薄弱，仅能生产少量的轻武器和小口径火炮，多数武器需从外国进口。工业是立国之本、强国之基。新中国成立70多年来，中国工业走过了发达国家几百年的工业化历程，挺起了中国经济的脊梁，成为第一制造大国。军事装备也取得了长足的发展：歼-20隐身战机列装部队，万吨大型驱逐舰首舰下水，首艘国产航母“山东舰”正式入列……军事工业的发展、军事装备的更新换代，世界一流军队的建设为经济发展、人民幸福、民族复兴筑起了牢固的钢铁长城。

一身“土武器”的敌后游击队员

● 人与武器的关系是近代中国军队面临的一个重大问题，也是一个军事统帅首先要考虑的问题。抗战中，蒋介石提出了“武器至上论”，而毛泽东则提出了“人至上”的观点。请以“人至上还是武器至上”为辩题在班级展开一场辩论赛。

延伸与拓展

《大抗战》是为纪念中国抗日战争胜利暨世界反法西斯斗争胜利70周年拍摄的一部纪录片，对从“九一八”事变开始至日本投降的14年抗日战争，进行全面系统、客观生动的历史回顾。观看第70集《皖南事变》，向同伴讲述那段艰难而光荣的岁月。

金牛山反袭击战

1941年1月“皖南事变”后，日本侵略军对华中各根据地进行疯狂的“扫荡”，更艰苦、更残酷、更频繁的斗争摆在江北新四军指战员的面前，而罗炳辉所领导的新四军第二师处境尤甚。罗炳辉总结出以伏击和运动游击为内容的梅花桩战术，金牛山反袭击战是该战术的初次尝试，取得了辉煌战果，毙伤日军200余人、伪军300余人，是我军以劣势装备击败日伪军优势装备，创造以少胜多的反袭击战的典范，被载入《中国近现代史大典》军事篇。

杀敌树威　引狼出洞

1941年4月，新四军二师副师长罗炳辉带着两个旅抵达六合，任务是巩固与发展淮南津浦路东抗日根据地，保卫人民生命财产和掩护麦收。在多数人看来，此任务只需防守即可，但罗炳辉却决定反守为攻，将敌人引出来“吃掉”。部队就这样，一边锣鼓喧天，一边高唱“大刀向鬼子们的头上砍去”的战歌，大摇大摆地开拔了。

长江对岸就是侵华日军总司令部、汪伪政权的首府——南京，罗炳辉难道不怕鬼子知道新四军来了？

答案是：“没错，我就是要上门叫板！”

4月10日至14日，新四军第二师以第四旅、第五旅及津浦路东联防司令部独立第四团各一部，向侵占扬州、仪征、天长地区的日伪军展开反“点线”（据点和封锁线）作战。罗炳辉连克仪征、天长等地多处据点，并进袭天长县城，歼敌150余人。

短短4天，新四军多路出击，处处告捷，令日寇胆战心惊，急忙加强防御，并集结力量准备进犯六合。4月16日夜，驻扬州等地日伪军700余人携带轻重武器扑过来。

巧借“鸳鸯阵”　暗布“梅花桩”

此时，罗炳辉已布下一套精心设计的阵法，静候来势汹汹的日寇。

罗炳辉发明的“梅花桩”阵法，简单说就是把部队打散，成为一个个小组，像钉在地上的梅花桩一样纵深分布，同时各部相互协调。

该阵法像极了300多年前戚继光在东南沿海抗倭时采用的“鸳鸯阵”——部队组成一个个12人小队，恰是一个班的规模，持长短武器相互配合。而“鸳鸯阵”一出，战局立即扭转，单兵能力极强的倭寇遭到吊打。

这里，不妨介绍一下罗炳辉在战术方面的很多创造性计策。土地革命时期，红军所在地域多为山地，他创造了“麻雀战”“跳梁阵”等游击战术；抗战时期，他根据皖东（淮南）和洪泽湖一带的地形，创造了一套诱敌、迷敌、扰敌、奇袭、反击、歼灭等为内容的游击战术，诸如“火烧野牛”“四两拨千斤”“梅花战术”等。

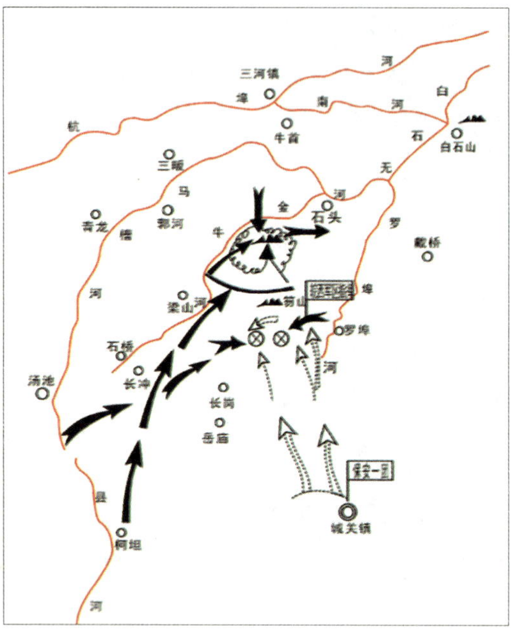

金牛山之战示意图

六合金牛山一战则是“梅花桩”首次登场，战场选在六合县城东北40多里的金牛山、峨眉山之间的洼地。金牛山高200余米，山河环绕，不便通行。峨眉山与之遥相对峙，两山之间是丘陵和洼地，地势起伏，村庄稠密，便于隐蔽和部署兵力。

善兵者不在兵多，罗炳辉手上兵力是两个团加一支旅直属队。见地形甚佳，他索性把梅花桩用到极致：15团在大井赵一带，警戒六合及金家集方向，并以“班”——最小的军事单位分组活动；旅直属队驻泉水寺、癞子山一带；12团团部位于金牛山南面的大陈庄、钱洼一带，所属三个营分驻厉马庄、乌山等地警戒。以上各部互为犄角，相互支持，如敌来犯，则加以阻击并迅速报告。

狐狸再狡猾　也斗不过好猎手

大陈庄，一个仅有五六十户人家的村庄，村北有一片树林。时近午夜，万籁俱寂，参谋长谭知耕推醒已经熟睡的机要员和勤务员：“要警觉点，听到枪声和其他动静，马上叫醒我！”

700余名日伪军携带火炮数门，轻、重机枪30余挺，掷弹筒十多个，从扬州乘汽车至谢家集，然后徒步向樊家集前进，沿途还封锁消息，行踪诡谲。

17日天亮前，敌人进入新四军的防区内。狡猾的日伪军沿田沟爬行接近驻地，哨兵听到响声并看见有黑影在蠕动，立即鸣枪报警，敌人也开枪射击，战斗立刻打响。

谭知耕被枪声惊醒，判断敌人偷袭，即令译电员孙贵友急报团首长，团长、政委等人分散指挥战斗，作战参谋周云带团直属队向南突围，通信参谋李超带着电台和译电员迅速撤离。

布置完毕后，天已大亮，大陈庄已被敌人三面包围，警通班长前来报告：“前后门都被敌人封锁了。”随行战士听到后，个个紧握手枪，有的甚至拧开了手榴弹保险盖。

谭知耕命令道：“打开后门，随我冲出去，千万不能掉队！”后门一打开，警通班长和年仅15岁的勤务员抢先冲出。敌人发现我军后，一面从树林猛烈射击，一面叫喊着冲来。

新四军故意败退，诱敌深入，直至五里墩高地时，开始集中火力全面压制，牢牢控制战斗的主动权，敌人无法再前进一步。来势凶猛的敌人与我军开展了一场反复争夺的火力战、肉搏战，最终敌人伤亡惨重，大部溃散。

朝阳驱散晨雾　白刃终结日寇反扑

7时30分，金色的阳光驱散晨雾，反击战开始了。

新四军的四挺机枪同时吐出火舌，敌人被压在火力圈内抬不起头来。枪声密集、杀声盈野之时，七连、九连的勇士们，猛虎扑羊般向敌人发起猛攻，并将残敌逼至陆家洼一带坟地。

新四军英勇杀敌

敌人退居洼地，被新四军严密包围，无

险可守，反击无望。经过一场短兵相接的激战，敌人死伤累累，狼狈逃窜至尹家河，企图从河面上仅有的简易木桥逃生，有的被挤得掉入河中溺死。

新四军以机枪火力封锁桥头，仪征县模范营也赶来夹击敌人。残敌见进退无路，只得负隅顽抗。此时战士们的弹药已告罄，就用特制的长柄大刀同敌人展开肉搏战。

合力冲杀之下，敌人大部被歼，少数残敌逃向仪征。仅半天的时间，敌700余人的部队500余人被歼，新四军缴获轻重机枪9挺、步枪40余支、掷弹筒2个，牺牲人数仅54人，在兵力弱势的情况下，打出了1：10的战损比，堪称大捷！

金牛山战斗是皖南事变后，新四军军部在江北重建、第二师组建以来与日本侵略者打的第一场硬仗、胜仗，极大地振奋了我军士气，杀出了军威、国威，提高了我党我军在江北抗日的威望与政治影响。

战后，当地人民群众中流传着这样一首家喻户晓、妇孺皆知的歌曲：

“新四军，真正强，抗日救国的好榜样。金牛山上又打了大胜仗。布下天罗和地网，杀得鬼子汉奸没处藏。势如破竹的‘梅花桩’，杀伤他四五百，活捉他几十双，胜利品也挑它几十筐。扬州鬼子泪汪汪，汪精卫也大着慌。”

探究与分享

向勇士致敬　传亮剑精神

金牛山战斗中我军战士的弹药告罄，就用特制长柄大刀，同敌人展开肉搏战。只见大刀飞舞，杀气冲天，杀得日伪军胆战心惊，有的哭爹喊娘，有的举枪跪地求饶。这种“为有牺牲多壮志，敢教日月换新天”的精神，就是电视剧《亮剑》中主人公李云龙所说的亮剑精神：“古代剑客们在与对手狭路相逢时，无论对手有多么强大，就算对手是天下第一的剑客，明知不敌，也要亮出自己的宝剑。即使是倒在对手的剑下，也虽败犹荣，这就是亮剑精神。”

● 不怕牺牲、勇于奉献的精神铸就了军魂，增强了党的力量，引领了中国人民。这种精神不断传承，在新民主主义革命时期有井冈山精神、长征精神、雨花英烈精神……在社会主义革命、建设和改革时期有雷锋精神、大庆精神、载人航天精神……每一种精神都是时代的产物，有着特定的内涵。请选择其中一个深入了解，以生动形象的故事向同伴进行介绍。

笃志与践行

观看红色电影　感悟革命精神

电影《从奴隶到将军》曾经教育和鼓舞了一代人，剧中主人公罗霄的原型就是中国工农红军和新四军高级将领、军事家罗炳辉。他是中华人民共和国成立后中央军委认定的解放军36个军事家之一，毛泽东评价他是“正派耿直”“在滇军中是革命的、战争经验丰富，有军事才能，很会打仗”的战士。2009年9月14日，罗炳辉被评为100位为新中国成立做出突出贡献的英雄模范之一。

- 观看电影《从奴隶到将军》，感悟罗炳辉将军身上所体现的革命精神。

延伸与拓展

金牛山战斗纪念碑位于六合区金牛湖街道金牛山南侧，建筑占地面积103平方米，保护范围面积1500平方米。进入六合区金牛湖风景区，金牛湖四周群山环抱，湖水碧绿如洗，宛如一块美玉镶嵌在群峰之中。很难想象70多年前这里曾经发生过一场双方兵力对比悬殊、惊心动魄的战斗。走进金牛山，回味那场惊心动魄的战斗。

金牛山战斗纪念碑

中共南京情报组织的秘密战斗

在抗日战争中，中国共产党除了开辟敌后抗日根据地开展武装斗争外，隐蔽战线上也有许多同志战斗在敌人的心脏，为民族解放贡献自己的力量，中共南京情报组就是其中之一。1938—1945年，南京情报组的工作人员出生入死，机智英勇，战斗在日伪统治中心南京的高层机构中，搜集了大量极有价值的情报，为中国抗日战争和世界反法西斯战争的胜利做出了重要贡献。（图为中共南京情报组的部分核心成员，左起为：汪锦元、李德生、陈一峰）

周密部署　刀插敌伪心脏

徐楚光

1942年3月，春寒料峭的南京城里出现了一位西装革履的先生。他的衣兜里装着一张由伪武汉中国人民自卫军总司令金龙章亲自签发的南京特别市政府的通行证，上面写着他的姓名：徐楚狂。

当时，许多与徐楚狂往来的汪伪政府官员都认为，这位三十出头的青年是黄埔军校的高才生，曾在国民党军内部从事兵运工作，是个不可多得的人才。但他们从未想到，徐楚狂实则是延安

中共南京情报组活动点旧址（中山路267号）

八路军总参谋部派往南京的情报人员，他的真名叫作徐楚光。他也是中共中央社会部上海情报站南京情报组惨遭日汪敌特分子破坏后，中共中央情报战线上成功嵌入敌人心脏的一枚铁钉。

当时的南京情报组共有八名成员。出生于中医家庭的李德生任组长。李德生在小火瓦巷长治里租了一间房，以行医为掩护建立秘密联络站，其爱人张鸣先负责密写情报。而日籍共产党员、日本同盟社南京支社的首席记者西里龙夫利用其身份，协助情报员陈一峰考入汪伪政府组建的“中华联合通讯社”（简称“中联社”）并成为首席记者。二人出入于日汪机构，结交各方面人士，搜集到许多情报。成功应聘为“中联社”联络员的张明达则利用职业为掩护，往来于南京、上海沿线各城市负责情报传送。而在整个南京情报组中，最接近敌人心脏的则是担任汪精卫私人翻译兼随从秘书的汪锦元。

汪锦元的父亲汪钟卿在留学日本时娶大桥对子为妻，汪锦元在日本度过了他的青少年时期，对日本人歧视中国、侮辱中国人的行为极为憎恶，激发起强烈的爱国之心。1936年12月，回国后的汪锦元在西里龙夫的介绍下加入中国共产党，以其特殊的身份条件，很快在日本人开办的通讯机构谋得立足之地，最终由汪精卫的亲信周隆庠推荐给汪精卫当秘书。

斗智斗勇　获取秘密情报

中共上海情报站南京情报组成立后，相关情报工作极有成效。1940年7月初至8月底的时候，汪伪当局与日本“特派大使”阿部信行在南京进行秘密谈判，签订了《日华基本关系条约》与各种《附属议定书》以及《日满华共同宣言》等核心机密文件，规定日军在中国的种种侵略特权，承认“满洲国”与“华北特殊化”等内容，露骨地反映了日本的侵华野心与汪伪政府的卖国本质。全程参与会议的汪锦元将这些重要文件交给了南京情报组，经上海情报站送往延安。中共方面迅速对此予以公开揭露，引起了全国人民的公愤与世界舆论的谴责，产生了重大影响。

1941年6月22日苏德战争爆发后，苏联政府极为担心日本会配合德军向其远东地区进攻。在中共中央的指示下，南京情报组立即展开情报搜集与分析活动，最终得出了日本军队将向南偷袭美国太平洋舰队，无意北上攻打苏联的结论，促使苏联政府下决心迅速调整战略部署，集中全力迎击德军，保卫莫斯科。

不幸的是，1941年10月，共产国际与苏联总参谋部派驻日本的“佐尔格间谍小组”被东京警察厅破获，日本首相近卫文麿的秘书兼顾问尾崎秀实被捕。被捕前，尾崎秀实秘密向西里龙夫发出电报，希望他们迅速撤离南京。

当时正处于太平洋战争爆发前夕，情报工作尤为紧迫而重要。西里龙夫、汪锦元等人一直在调查日本驻伪满洲国军队及辎重往南方调动的情况，并获取了日本南进部队的兵力编成表和各路日军指挥官的名单。但就在他们置个人安危于不顾、坚守岗位的时候，日本当局派遣的特务盯上了中共南京情报组。

1942年6月至7月间，西里龙夫、汪锦元、李德生、陈一峰等人先后被捕。张明达撤离南京，其余人员就地隐蔽。中共上海情报站南京情报组的工作一时陷入低迷，而徐楚光就在这艰难时刻进入南京，开始了单线情报工作。

为徐楚光签发特别通行证的金龙章也是中共地下党员。红帮首领朱亚雄是一位爱国之士，他利用帮会关系从日本华中铁道株式会社拿到了六张不贴照片的免费乘车特别通行证，帮助徐楚光建立起地下交通及运输线。徐楚光则在多重身份的掩护下，广泛结交汪伪军官并进入伪中央陆军军官学校担任上校战术教官，此后又谋得伪军委会政治部情报司上校秘书、陆军部第六科上校科长等职务。他在敌人内部搜集了大量军事情报，秘密送至中共中央华中局情报部以及新四军军部，从而多次挫败了日军针对南京周边抗日根据地的围剿计划。

积极策反　发展革命力量

徐楚光还先后结识了“身在曹营心在汉”的军校第二大队政训员赵鸿学、汪伪警卫第三师师长钟健魂、伪空军航空学校中校飞行教官吉翔等人，获取了他们的信任。

1945年后，世界反法西斯战争已处于全面反攻阶段，日本与汪伪政权更是穷途末路。徐楚光意识到，这是争取相关军政人员的最佳时机。得到组织批准后，徐楚光展开行动。1945年8月10日，他和赵鸿学在南京中央饭店宴请军界朋友直至深夜方散。正当众人酒醉昏昏之时，钟健魂率师部直属炮兵连、特务连携带全部武器弹药自栖霞山北麓成功渡江。13日，钟健魂、赵鸿学率领警卫第三师官兵3000余人，会同徐楚光及新四军有关领导在六合县钟家集宣布起义，后被新四军编为华中独立第一军。

与此同时，早年因为不满长官腐败行为而被开除军籍的原伪空军少尉黄哲夫向中

“建国号”99式双发运输机

共苏浙军区司令员粟裕提出投诚。经中央允许，华中局情报部遂指示徐楚光想尽一切办法协助黄哲夫。徐楚光遂利用飞行教官吉翔的关系，与潜伏在伪军委会航训处警卫大队的厉仁杰等同志于8月20日设法控制了扬州机场地面，协助黄哲夫、周致和等六位飞行员驾驶原汪精卫座机“建国号”由此起飞，直抵延安机场。此次起义成为中国人民解放军空军史上的一件大事。赵鸿学、钟健魂、周镐等人起义，壮大了情报组队伍，发展了革命力量。

探究与分享

光之所聚　心向往之

周镐

周镐（1910—1949），字道隆，湖北罗田人。1943年以军统身份打入南京汪伪军委会军事处任少将科长，1946年成为中共特别党员，以中共党员的身份又潜伏于国民党保密局，负责国民党军队的策反及情报工作。不论是抗日战争还是解放战争时期，周镐数度深入虎穴，置个人安危于不顾。1949年1月在策反刘汝明部时被捕，不久在南京就义。

● 在秘密战线为情报工作而献身的烈士有很多，周镐就是其中一员。请深入了解他的经历，讲述他的故事。

笃志与践行

模仿精彩剧情片段　展现情报工作智慧

吴石将军早年毕业于保定军校，官至陆军中将，先后出任过国民党第十六集团军副司令、“国防部史料局局长”及“国防部参谋次长”。他秘密加入中共后，曾通过各种渠道向中共方面传递了大量极为重要的军事情报。

电视剧《潜伏》以吴石将军等我党打入国民党的高级别情报人员为原型，讲述了

1945年日本投降以后，国民党军统总部情报处的余则成（孙红雷饰）经中共策反扎入国民党心脏，潜伏在国民党最高情报机构军统局中，以高超的手法，一方面声东击西隐藏身份，另一方面暗度陈仓传递情报，竭尽全力与敌人巧妙周旋，最后斩获重要情报，为解放战争的胜利做出重要贡献的英雄事迹，展现了秘密战线工作中的革命者，在枪口和刀刃上起舞，时时刻刻直面生死、无所畏惧的革命斗争精神！

● 共产党人在隐蔽战线工作中的一言一行无不彰显他们的智慧与勇气。观看《潜伏》并模仿其中一段剧情，体会隐蔽战线斗争的特点和智慧。

延伸与拓展

反映中共地下党情报工作的影视作品还有很多，如《永不消逝的电波》《麻雀》《风声》《一触即发》等，选择其中感兴趣的观看，学习隐蔽战线中革命者的斗争精神。

血色“五二〇”

1947年5月20日，南京、上海、苏州、杭州地区十六所专科以上院校学生6000余人汇集南京，举行反饥饿、反内战、挽救教育危机的联合大游行。当游行队伍向正在举行“国民参政会”的国民大会堂进发时，遭到国民党宪警的镇压。据事后统计，学生被打成重伤的有19人，轻伤104人，被捕28人，爱国学生的鲜血染红了南京街头。这就是震惊世界的“五二〇”血案。

抗日战争胜利后，全国人民迫切希望避免内战、实现和平。但是国民党政府强化独裁统治，广大人民处于水深火热之中。1946年6月，蒋介石悍然发动全面内战。为了支付大量的军费，国民党政府滥发纸币，造成国民党统治区内恶性通货膨胀，物价飞涨，人民生活更加恶化。

反饥饿斗争

就南京来说，1947年4月的物价比1946年12月上涨了4.3倍。由于大量教育经费被挪用，学生每月的副食费仅够买两根半油条，不少学生面临断炊的窘境。

中央大学中共地下党组织及其领导下的新民主主义青年社（简称“新青社”），

“五二〇”运动

认为应当抓住关系全体同学切身利益的问题，开展反饥饿斗争，揭露国民党政府，团结教育广大同学，以打击国民党政府的反动统治。1947年5月12日和13日连续召开的两次系科代表大会，战胜了反动党团的阻挠，以103票对13票，决定自13日起罢课，要求按物价指数调整公费，5月份增至十万元；同时授权伙食团按1946年12月伙食标准开支，将本学期所有伙食费“吃光”；并定于5月15日联合本市大专学校举行反饥饿大游行。系科代表大会还决定发表《反饥饿斗争宣言》，呼吁北平、上海、天津、杭州、重庆、武汉、昆明等地大专学校支持，采取一致行动。“吃光运动”点燃了反饥饿的怒火，揭开了“五二〇”运动的序幕。

中大的反饥饿斗争得到了金陵大学、剧专、药专等校的响应，随即成立了“南京区大专学校争取公费待遇联合会”。为了揭露饥饿的根源，团结各阶层人民同国民党反动政府进行斗争，中共地下党组织决定把反饥饿与反内战结合起来，把经济斗争与政治斗争结合起来，使学生运动向纵深发展。

在这一段时间，上海、北平、天津的学生也已经掀起了反饥饿斗争，并且迅速走向高潮。南京中央大学、金陵大学，上海暨南大学、复旦大学、交通大学，杭州浙江大学，苏州社会教育学院代表组成主席团，由主席团统一领导示威游行。

“五二〇”血案

5月20日早晨，沪、杭、苏代表团和中大四牌楼本部同学，纷纷来到大操场集合。随后，中大丁家桥分部同学突围赶来了。原来丁家桥分部也被宪警包围了，同学们急中生智，化整为零，分散翻越围墙和铁丝网，终于突围出来。多校游行大队会师后，立即向国府路进发。突然，纠察队员又来报告，大批武装宪警已经占据珠江路口，路旁停放红色消防车数辆，接上了水龙。主席团立即整顿队伍，6人一排，女同学居中，以“京沪苏杭十六专科以上学校学生挽救教育危机联合大游行”的横幅和孙中山先生的巨幅画像为前导，按主席团、各地代表团、金大、中大的顺序前进，一共6000余人。同学们紧挽手臂，奋勇前进。宣传车缓缓随行，广播请愿书，领呼口号，编印《快报》。沿途宣传队员书写标语，画漫画。

10时50分，游行队伍到达珠江路口的上海储蓄银行门前。大批头戴白色钢盔的警察、身穿黄色军服的宪兵，横陈街头。当学生冲破宪警防线以后，爬在电线杆上的敌消防队长就摇动小旗，两旁的消防车，马上一齐打开水龙头，喷射学生队伍。学生纠察队员奋勇当先，有的用身体顶住水柱，掩护女同学前进；有的冲上去抢夺水龙头，转而喷射反动军警。六千同学一条心，不怕流血牺牲，英勇顽强战斗。

国民党镇压游行学生

大约三分之二的同学冲过水龙防线后，大批宪警特务，手持木棍、铁棍、皮鞭从四面八方冲杀上来，劈头盖脸地乱打乱抽。有的同学被打得血流满面，鼻青脸肿；有的同学被打得筋断骨折，晕厥过去。中大经济系二年级女同学赵之巽，头部遭木棍猛击，被踩伤多处，昏迷不醒。新青社员孙傲沧同学为抢救赵之巽被铁棍打断大腿骨，昏厥于地。臂缠红十字的救护人员，奋力抢救受伤同学，也遭到宪警毒打。已经冲过去的先头队伍，得知后面同学被打，立即回头救援；后续队伍得知前面同学被打，立即猛冲过来。同学们英勇无畏，用手中的旗杆、宣传用的油墨筒，作为武器还击，夺下宪警的凶器自卫，战斗十分激烈。反动宪警腹背受敌，终于溃败。受伤同学被送往医院抢救。同学们重整旗鼓，继续游行。这时校内许多同学闻讯纷纷赶来参加。

据事后统计：学生被打成重伤者19人，轻伤者104人，被捕者28人。学生示威游行是为了有饭吃，为了要和平、要自由，而蒋介石给予的却是逮捕、监禁、殴打、屠杀。蒋介石的暴行，使他的狰狞面目暴露无遗，使更多的青年学生从血泊中觉醒，许多同学更加坚强了。

第二条战线

南京“五二〇”血案发生后，声援和慰问的函电从全国各地和全市各处如雪片飞来，社会各界还送来了捐款，慰问受伤学生。许多社会知名人士，也热情地声援学生的斗争。著名作家茅盾写文章赞扬“五二〇”学生的斗争，郭沫若赠书慰问重伤同学。连远在美国的冯玉祥也为此发表了《告全国同胞书》，赞同反对内战，主张恢复和平。

“五二〇”运动扩展到60余个大中城市，数十万学生一起起来罢课、游行、示威。虽然蒋介石亲自指挥，调动了党、政、军、宪、警、特，以及法庭、监狱等全副资产阶级专政武器，但并没有把坚持正义要求的爱国学生镇压下去，学生运动反而更加高涨。学生运动和工人运动汇合在一起，与各阶层人民的反美反蒋的斗争相呼应。正如毛泽东所说："中国境内已有了两条战线。蒋介石进犯军和人民解放军的战争，这是第一条战线。现在又出现了第二条战线，这就是伟大的正义的学生运动和蒋介石反动政府之间的尖锐斗争……一切社会同情都在学生方面，蒋介石及其走狗完全陷于孤立……"

探究与分享

探寻爱国先锋　感悟家国情怀

朱成学，在"五二〇"爱国学生运动中，担任京沪苏杭16所高校联合大游行主席团的执行主席，是南京"五二〇"运动第一线的主要组织者和领导者之一。面对反动当局的威胁利诱，朱成学毫不动摇，机智勇敢，带头冲破敌人封锁线。在敌人布置5道封锁线的险恶情势下，果断决策，采用群众斗争和政治谈判相结合的策略，不顾生命危险挺身而出与国民党要员谈判，几经周折，终于迫使当局撤防，游行队伍按原线路胜利返校。"五二〇"运动以后，他发起组织南京学生联合会，为推动和发展爱国学生运动做出了重要贡献。

"五二〇"运动的游行队伍（前面高呼者为朱成学）

● 走访档案馆、党史办等相关部门，了解在世的"五二〇"运动参与者的情况，做一次上门探望和采访，听一听他们的故事。

笃志与践行

缅怀历史　不负初心

2007年，南京市玄武区人民政府为纪念"五二〇"学生运动，在原国民大会堂（现人民大会堂）附近建成纪念"五二〇"学生运动广场。广场内有雕塑家吴为山以游行学生为原型设计的36尊青铜雕像。2013年初，吴为山为雕像广场设计了新颖独特的大门。他说："这个门如何来做呢？最主要的它是一种穿越之门，是历史的审视之门，我以'5''2''0'三个阿拉伯数字的弧线为元素做了这样一扇门，在这个门上可以看到屡屡的创伤，这是历史的痕迹。"

"五二〇"学生运动广场

● 在纪念"五二〇"学生运动广场做一次红色文化宣讲活动，向市民介绍"五二〇"学生运动。

延伸与拓展

中国近代史上的学生爱国运动还有1919年的五四运动、1935年的"一二·九"运动等。选择其中的一些，做进一步了解。

百万雄师过大江

解放战争期间，人民解放军百万大军以木帆船为主要航渡工具，从一千余华里的战线上，冲破敌阵，横渡长江，一举突破国民党军队苦心经营的长江防线，彻底粉碎了所谓“长江天险不可逾越”的神话，歼灭了国民党军约43万人的重兵集团，解放了南京、杭州、上海、武汉等大城市以及长江南岸大部分地区，上演了一出“百万雄师过大江”的壮举。

“长江风平浪静，我军万船齐放，直取对岸，不到二十四小时，三十万人民解放军即已突破敌阵，占领南岸广大地区……”这是毛泽东亲自撰写的关于渡江战役新闻稿中的语句。1949年4月，中国人民解放军在东起江阴、西至湖口的长达五百余公里的战线上，有重点地分路突破国民党军队的江防，发起渡江战役。

三浦战役　吹响解放南京号角

解放战争期间，中国共产党取得了辽沈、淮海、平津三大战役的胜利，国民党当局因失去民心节节败退。1949年初，国民政府由李宗仁代理总统，与中共协商和平谈判，暗地里却积极组合残兵败将，企图凭借长江天堑卷土重来。浦口是南京的北大门，与江浦、浦镇合称“三浦”，位于长江北岸，依山傍水，地势险要。作为南京的桥头堡，国民党当局绞尽脑汁在此布下重兵，在“三浦”布防的是国民党王牌部队之一的二十八军，装备精良，战斗力强悍。

中共中央为夺取抗战的最终胜利，决定强渡长江，对国民党军队进行战略性进攻。1949年4月20日15时55分鸣枪打响的“三浦战役”，拉开了渡江战役的前奏。

“三浦战役”中最激烈、最艰苦的战斗为攻克江浦县城。为了解敌人防务情况，一〇三师侦察连副班长魏一部，化装成老百姓在老虎桥附近，抓获了敌人出城购物的炊事员，审问出敌人的布防情况。在八里铺陈朝金等三位农民的引导下，侦察兵也化装成农民，顺利越过敌人岗哨，混进城里了解敌情。各营连排指挥员，在夜色掩护下，抵近前沿现场勘察敌情、地形。三十五军指挥员根据侦察到的敌情，经过认真研究决定围点打援。一〇三师主攻江浦县城；一〇四师进攻浦镇外围据点的敌人，以牵制浦镇之敌；一〇五师为预备队，并抽出一个团的兵力，在战斗开展时进攻浦镇与江浦之间的十里桥据点，歼灭来援的敌人。

攻城一开始，我军尝试用炸药包炸敌城墙，但几次都没有成功。用云梯攻城，也是多次失败，反遭敌猛烈还击。许多战士英勇牺牲，攻城遇到强大的阻力。爆破手邵士清主动申请实施爆破，卫生员丁广福一个人救下二十多位伤员。三〇八团四连副连长王发武、三排长张洪恩都负了伤，仍坚持指挥战斗。一营副营长孟宪武带着伤攻城时再次负重伤，仍不愿下火线。战士们英勇战斗，前仆后继，战斗异常激烈。

整个战役激战三天，歼敌1000多人，先后解放了江浦、浦镇和浦口，为南京解放扫清了外围障碍，清除了国民党军队盘踞在长江北岸的重要据点，加速了南京解放的进程。

军民一心　保障渡江所需船只

渡江作战，船只是不可缺少的工具。由于国民党的破坏，江北船只所剩无几。做好船民的思想工作，团结一切可以团结的力量，调动一切可以支援的积极因素，这是当时解放军在征集船只过程中强调的最基本方针。

船是船民最主要的生产资料，也是他们主要的生活来源。而在渡江作战过程中，极有可能造成船只的损毁，甚至船工的生命安全都有危险。除此之外，船只在被征用期间，船工家属的生活如何维持也是船民们所顾虑的问题。为让船工安心，各支渡江部队和江北地方政府想了不少办法来解决这些问题。比如，苏北支前委员会对所征集的船只进行登记编组，发放执照，规定参与渡江作战的船只均按运粮船只工资供给，并要求船上的妇女小孩由各分区“妥为安插”。

通过军地各级人员的努力工作，至渡江战役发起前，渡江所需船只基本征集齐备。全军共征集各类船只2万余只，其中能用于渡江作战的船只9400余只，平均每个军拥有大小船只500余只，一次可运送1万余人，基本上满足了作战所需。

有了船，还得有开船的人。战士中间会驾船的毕竟是少数，大量船只必须而且只能由熟悉长江水情的沿江船工来驾驶。为满足作战所需的船工人数，各地政府积极开展宣传，把动员船工的任务放在一切工作的首位。船工们最终打消了各种顾虑，认识了渡江作战对他们自身获得解放的重大意义，他们纷纷表示：“誓把大军送过江去”“有船在，就有我人在，有我人在，就保证送你们过江”。

“打过长江去，解放全中国。”4月20日黄昏，渡江战役打响。百里长江江面，各类大小船只奋勇向前。面对敌人密集的炮火，船工们没有退缩。即使船被打漏了，他们依旧沉着冷静，想方设法前进。许多船只来回往返多次，为渡江战役的胜利立下了不朽功勋。

百万雄师　无畏险阻勇渡长江

渡江战役有约25000名英雄儿女为人民解放事业献出宝贵生命。当时，我军条件艰苦，设备简陋，大部分官兵不识水性，是以单一兵种对付国民党军陆海空立体防线、以小木船对抗敌人铁甲军舰，既要面对滔滔江水的天然屏障，又要应对战场上的枪林弹雨。在解放区群众的大力支援下，在强大炮兵的掩护下，击破了国民党军的水上障碍。成千上万只木船，以排山倒海之势，浩浩荡荡，横渡长江。

在猛烈炮火的轰鸣声中，国民党反动军队的阵地成了一片火海，他们完全丧失了抵抗能力。蒋介石苦心经营的“立体防线”，在我军强大的攻势面前土崩瓦解。火光映红了江面，映红了征帆，一支支突击队在火光中奋勇前进，不到24小时，30万人民解放军胜利突破敌人防线，占领了江南广大地区。

4月23日，我军百万雄师全部渡过长江，向南京等地发起了猛烈进攻，并于这天深夜，攻占了国民党政府的所在地南京。毛泽东在北平闻讯后，欣然命笔，写下了光辉的史诗：“钟山风雨起苍黄，百万雄师过大江。虎踞龙

渡江战役战前动员

盘今胜昔，天翻地覆慨而慷。宜将剩勇追穷寇，不可沽名学霸王。天若有情天亦老，人间正道是沧桑。”

探究与分享

品味文化作品　体会渡江精神

电影《渡江侦察记》是上海电影制片厂出品、汤晓丹执导的战争片，由孙道临、李玲君等主演，于1954年上映。该片改编自“先遣渡江英雄连”的事迹，讲述了渡江战役前夕，解放军某部李连长率侦察班探明敌人江防部署，协助大部队取得战役成功的故事。

《渡江侦察记》电影

- 观看电影，提炼“先遣渡江英雄连”的革命精神。
- 电影体现的渡江战役的胜利和南京解放所传承下来的革命传统与胜利精神必将继续凝聚人心，汇聚力量。请向同学们讲述电影中的一个精彩片段。

笃志与践行

回望峥嵘岁月　传承红色文化

渡江胜利纪念馆是南京市的一个红色地标建筑，也是全国首批红色旅游经典景区，位于南京市渡江路1号，占地面积25000平方米，由纪念广场、主展馆、渡江胜利纪念广场三部分组成。

纪念馆通过实物和图片等形式全面展现了以爱国主义为主题，军民团结为中坚，解放人民为使命的将革命进行到底的彻底革命精神。纪念馆前的色柱体最高49.423米，寓意1949年4月23日渡江战役胜利和南京解放，截面为红色五角星，到了夜晚，49颗红色五角星连同49根大型红色立柱在江边闪耀，犹如灯塔一般指引着革命者奋勇向前，又似连天烽火，让人们追忆起那段峥嵘岁月，追忆起“百万雄师过大江”的雄风与豪情。

渡江胜利纪念馆

- 前往渡江胜利纪念馆，开展“纪念南京解放，悼念革命先烈”主题实践活动，讲述渡江战役中的故事，追忆南京解放的历史，传承革命先烈的精神。
- 寻找“三浦战役”的战斗故地及其故事，传承红色文化，开展“南京浦口红色文化名片”的设计与宣传活动。

延伸与拓展

同学们还可以进一步阅读2019年由南京出版社出版的《渡江战役亲历者口述史》等相关书籍，深入了解渡江战役。

YIZHI YONGZAI

遗址永在

南京和记洋行

早期工人运动的丰碑

和记洋行旧址位于南京市鼓楼区宝塔桥西街168号，曾是中共领导下的工人斗争地。1925年，上海“五卅惨案”发生后，中共南京党团组织发动洋行工人罢工，抗议英商残酷剥削和暴行。1927年2月，和记洋行成立党支部，此后在中共地下组织的领导下，又进行多次大罢工，为中共南京地下组织领导的工人运动起到重要作用。2002年10月，和记洋行被江苏省人民政府列为江苏省文物保护单位。

声势壮观的工运风云

1911年，英商韦斯特兄弟在下关金川河一带征地，筹建“江苏国际出口有限公司”，俗称“英商南京和记洋行”，下关地区出现了第一代产业工人。和记洋行成立以后，洋行的工人们同全国工人阶级一样，深受帝国主义、资产阶级和封建势力的三重压迫。洋行不仅盘剥长年工，在旺季还大批招用临时工，最多时可达上万人，其中女工、童工占多数。他们每天的工作时间长达10小时以上，工资却极低。男临时工的月工资只有

和记洋行码头

7元左右，除了自己的伙食费和住宿费外，所剩无几，童工和女工的工资就更低了。临时工除了受资本家的剥削外，还要受工头的剥削。工人不仅在经济上受剥削，而且没有人身自由，资本家可以随便拘押、吊打工人，出厂门要被搜身，稍不顺工头的意，就被挂牌示众，有的甚至被活活打死。

炮轰南京的英、美军舰

1925年5月，上海发生了震惊中外的“五卅惨案”，激起了南京人民的极大愤慨。国立东南大学中共党员吴致民、河海大学中共党员曹壮父，率领学生到和记洋行演讲，发动和动员洋行工人参与罢工斗争，声援“五卅运动”。深受压迫的和记洋行工人很快被发动起来。1925年6月5日，在南京地下党组织的领导下，和记洋行5000多名工人上街示威游行，先绕行下关全埠，后入仪凤门，到英国、日本领事署抗议。工人们一直游行到夫子庙一带，行程十余公里。他们义愤填膺，情绪激昂，紧握铁拳高呼：“饿死也不给仇人做工。”洋行上工的汽笛一遍又一遍地尖叫，但没有一个人开工，整个工厂死一般沉寂。和记工人通过上海《申报》通电全国：“英捕惨杀同胞，举国同愤。兹决定自今日起，全体罢工为被害同胞后援。”6月6日，5000多名和记工人编成10个大队，浩浩荡荡向南京城进发，几百名学生组成自行车队，护卫游行队伍。他们来到英国、日本领事署示威，高呼“打倒帝国主义”“收回租界”“救我同胞”的口号。南京和记洋行工人们的罢工使得洋行损失了1000多万大洋，最终洋行买办罗步洲和马嘉德被迫接受了工人们绝大部分复工要求，罢工坚持42天取得了胜利。

搏击逆流的红色岁月

资本家只是一时妥协，以接受复工条件作为缓兵之计，暗地里又在策划新的阴谋。开工半月后，厂主就谎称原料缺乏宣告停工，想借此开除工人。工人闻讯后，即推举代表同买办罗步洲交涉，要求履行原订条约，发全月薪金。罗步洲秉承厂主之意，只答应发给半月工资。在所订条约墨迹未干之时，英商将早就准备好的英舰海军陆战队的兵士开进工厂，并向工人开枪射击，打死、打伤工人数十名，当场逮捕工人百余名，制造了著名的和记“下关惨案”。英帝国主义的血腥镇压，激起了南京各界人民和全国人民的极大愤慨。8月4日，南京各界人民举行大规模的游行示威，号召大家斗争到底。

1926年初，下关党支部成立，吕文远任党支部书记，坚持领导和记洋行的工人运动。在“四一二”反革命政变后的极其险恶的环境中，和记洋行党组织始终是中共南京地下党组织活动最为活跃的基层党组织之一。

信仰不灭的工人先锋

1928年春，上级党组织委派原和记工人、中共党员邓定海秘密回宁，进入和记担任中共和记洋行支部书记。他利用一切机会联合工友，发动群众，组织兄弟会、姊妹会，联络和团结了周汉清、宋如海、王少朋、吴兰英等一批积极分子。支部先后组织了拒交洋行工会会费、增加工人两成工资、打击嚣张跋扈工头等斗争，创办了《和记工人报》，建立了自己的赤色工会和工人纠察队。

1930年春，邓定海接受中共南京市委指示，召集工人代表开会，议定了8项条件递交厂方，宣布如不接受立即罢工。在罢工斗争即将展开的关键时刻，由于叛徒向敌人告密，4名工人积极分子被捕入狱。为了营救被捕同志，坚决将罢工斗争进行到底，邓定海秘密召开了工人代表会，2月10日正式宣布罢工。

4月3日，阴风怒号，四艘英舰靠近了和记洋行码头。洋行内巡捕全副武装，来回巡逻，门头上架起了机关枪。邓定海、宋如海、黄文宾等百余名纠察队员与工友由老江口前往洋行，准备与厂方交涉。以李松山为首，彭老幺等洪帮手执大刀、铁棍、长尺等凶器砍杀工人，刹那间血肉横飞，和记工人重伤数十人，轻伤不计其数，三人失踪，徐云禄、黄文宾、王金山、庄洪发等数十人被捕。和记工人的鲜血染红煤炭港，这就是“四三惨案”。

和记洋行

4月4日下午“和记四三惨案后援会”成立。4月7日，中共江苏省委发出《南京四三惨案第19号通告》，中华全国总工会号召：“全国工会以同盟罢工和游行示威来声援南京和记工人的斗争。”4月10日，全国总工会《劳动》报发表社论《南京四三惨案的意义与教训》，阐述了南京和记工人斗争的重要意义。

1937年南京沦陷后，和记洋行的机器设备都被日军毁坏，公司被迫停产，厂房改作日军仓库。抗战胜利后的1947年重新开工。1949年，南京解放，用中国人民血汗建造起来的和记洋行终于回到了人民的怀抱，当年的劳工成了工厂的主人。

探究与分享

青年力量　先锋担当

邓定海

和记洋行旧址见证了无数仁人志士和革命先烈为民族独立、国家富强所付出的英勇牺牲与不懈努力。他们胸怀报国兴邦之志，把意志深深扎入谋求民族振兴、人民幸福的基石之中，用必死的决心投身革命。

英商和记洋行时期的中共党员邓定海烈士是其中的优秀代表。1930年初，邓定海任中共和记工厂支部书记，后任中共南京市委委员。他在领导和记工厂工人罢工中，被国民党当局通缉，被迫离开南京。9月，因叛徒出卖，在汉口被捕。10月被解回南京。邓定海被捕后，敌人妄想用老虎凳、辣椒水、皮鞭、竹签、热烙铁等刑具征服他，敌人还把他的老父亲五花大绑押来，当着邓定海的面拷打。邓定海含着泪花喊道：“爹！不要向他们弯腰，我死是光荣的！”各种酷刑均不能改变邓定海共产党人钢铁般的意志。1931年1月，邓定海牺牲于雨花台，年仅28岁。

● 查阅相关史实资料，了解并分享邓定海烈士的生平事迹，感悟他的革命先锋精神。

笃志与践行

保护历史　从我做起

和记洋行是南京著名的民国建筑。它不仅仅是一个工厂，还是一个近代中国饱受屈辱，人民奋起反抗，最终取得胜利的标志缩影。和记洋行旧址是爱国主义教育的重要场所，是对广大干部群众开展革命史、党史教育的生动课堂。和记洋行厂房、机房旧址现为南京市鼓楼区一般不可移动文物。作为特定历史时期、特定的地方、特定的文化表现形态，和记洋行是唯一的、独特的，价值是巨大的。

● 为增强人们对和记洋行旧址的保护意识，请以和记洋行展开的工人运动为素材，面向同龄人，写一篇简短的微信宣传稿，介绍和记洋行这一南京早期工人运动的丰碑。

延伸与拓展

他（工人领袖）并不曾死去，他不过只是一个死去的太阳，他的死也只是短时间的，恰像死去的太阳一样，在流了那么多热血消灭了以后，依然会和第二天的黎明同升起来，以它的新生的光辉普照人间。

这是巴金以自己亲身经历为背景，以和记洋行工人运动为主题创作的第一部中篇小说《死去的太阳》的结尾内容。阅读这部小说，进一步了解发生在和记洋行的工人运动。

江南贡院明远楼

南京第一个总工会成立地

南京市第一个总工会旧址——明远楼，位于秦淮区夫子庙街道金陵路1号江南贡院。1927年3月25日，在中共南京地委书记谢文锦的领导下，基层工会代表聚集在明远楼里，宣告南京市总工会成立。自此，这里成为南京工人运动的中心。明远楼现为江苏省文物保护单位，江苏省爱国主义教育基地，南京市党史教育基地。

铸造革命的堡垒

在夫子庙秦淮风光带，坐落着一座古老的科举考场建筑——明远楼。楼高三层，站在楼上可一览整座江南贡院，为科举考试官员号令指挥之处。革命爆发后，昔日科举考场，成为南京工人运动的中心。

1926年，时任中共南京地委委员、共青团南京地委书记的文化震，在中共南京地委的指示下，深入下关、浦口等地区，在工人中间进行阶级斗争教育，发动群众与军阀斗争。他后来又担任工人部长，进一步协助工人筹建基层工会，在南京工人中建立了深厚的群众基础。

1927年3月24日，以程潜为总指挥的北伐军江右军在城内工人的配合下光复南京。就在当天，英、美帝国主义者停泊在下关江面上的军舰炮轰南京城，许多人倒在血泊之中。愤怒的民众，在中共南京地委的领导下，强烈抗议帝国主义的暴行。3月25日，在中共南京地委书记谢文锦的领导下，200多名基层工会代表聚集在明远楼，参加南京工人代表大会，南京市总工会宣告成立，由文化震担任秘书主任兼总务主任。总工会工人纠察队也随之成立，共产党员程镛之任总指挥，总工会和工人纠察队办公机关就设在明远楼。大会后，街上满是游行的工人。他们振臂高呼："打倒帝国主义！""打倒军阀！""打倒资本家！""打倒土豪劣绅！"口号声传遍了大街小巷，也在人们心中激荡。

南京总工会成立后，工作人员分赴市区协助建立行业工会。1927年3月28日下午2时，南京市各界群众5万余人举行"南京市民欢迎北伐军大会"。新闻报道中列举前来参加的南京行业工会，有和记机器工人协会、兵工厂工会等23家，连人力车业、香烛业、鞋业、帽业、茶业等行业都建立了工会，可以看出行业工会已经覆盖了南京大部分产业，南京各界工人大多已被发动和组织起来。在南京总工会领导下，工人与厂主、封建把头和工头恶霸展开了坚决的斗争，提出增加工人收入、实行八小时工作制、永久抚恤工伤等改善工人生活条件的要求，为劳苦工人谋取福利。文化震等人日夜筹划工作，为了方便工作，在明远楼一楼打起了"大通铺"，地板上铺上草垫和被褥，累了倦了，就躺下来休息一会儿。

展开不屈的斗争

南京总工会成立后，立即展开3月24日美、英等军舰炮轰南京的损失调查，揭露帝国主义暴行。多方走访之下，南京总工会于4月4日向江右军政治部报告，将伤亡者的姓名、多人伤亡记录及房屋被焚毁情况一一列出。南京总工会在报告结尾提出请求："望钧部从速电达外部，请其向英美提出严重之抗议，非达到赔偿损失，撤退内河外舰，惩办凶手，向我政府及人民道歉不止。"

江南贡院——南京第一个总工会旧址

南京总工会成立后的革命活动，在劳苦工人中树立了很高的威信，赢得了南京市民的高度称赞。当时南京老百姓常说："有事就去明远楼。"明远楼在老百姓心中就像娘家，遇到什么难事只要找到明远楼，找到总工会，总会有热心人帮忙解决。眼看着总工会逐渐扩大，国民党右派着急起来。在下关，由他们控制的南京市劳工总会成立起来，流氓打手在他们的指示下到处破坏市总工会的声誉。在北伐军政治部的支持下，总工会与伪工会展开了针锋相对的斗争。不仅查封了多处劳工会，还封闭了国民党右派组织的市党部、下关特别区党部。

在革命形势持续高涨的时候，蒋介石实行军事独裁的野心也日益暴露。随着北伐的胜利进军，蒋介石日趋反动。他与帝国主义势力、国内反动势力密谋和勾结，加快策划反革命政变的步伐。

在上海工人第三次武装起义前后，中共中央和中共上海区委对于蒋介石的某些阴谋活动是有警惕的，但是共产党领导人陈独秀表现出严重的右倾思想，“要缓和反蒋”，反蒋斗争开始放松。《汪精卫、陈独秀联合宣言》发表后，一部分共产党员十分愤慨，但许多人却误以为局势已经和缓下来。原来在武汉整装待发的国民革命军第四军、第十一军不再东下，第六军、第二军的绝大部分服从蒋介石的命令，离开南京开往江北，蒋介石得以控制南京。

4月6日，蒋介石心腹、南京市公安局局长温建刚上任，当即颁布条令：“未经公安局允许，禁止集会游行。”其后连续两次来到明远楼，找文化震“谈话”，要求解散总工会。4月7日，南京市总工会、农民协会带着人民群众的强烈不满，向市公安局请愿，要求解除禁令，遭到温建刚拒绝。4月9日下午，蒋介石突然来到南京，指使手下扛着“劳工总会”的白幡，突袭明远楼，所有文件财物被抢劫一空。当时留在明远楼值班的仅有金陵制造局工人何正兴一人，何正兴被狠狠打了一顿并被关了起来。

传播革命的火种

4月10日上午9时，数万市民被号召起来聚集在南京公共体育场，召开“南京市民肃清反革命大会”，声讨反革命分子唆使和利用流氓捣毁省市党部、非法拘捕负责人的行为，同时要求蒋介石保护省市党部和总工会，由人民审判委员会审判公安局和劳工总会中的反革命分子，查办公安局，彻底封闭劳工总会。蒋介石彻底撕下伪装，指使温建刚组织数百名侦缉队员和劳工总会流氓，对共产党员和进步群众举起了屠刀。下午5时许，百余流氓携武器冲入群众队伍，暴力清场，打死手无寸铁的群众十人，打伤千余人，场面惨不忍睹。

4月10日晚，针对反革命势力指使流氓捣毁省市党部、总工会，冲击请愿群众队伍等一系列暴行，谢文锦在大纱帽巷10号主持召开中共南京地委紧急扩大会议，着重研究应变措施、反蒋宣传等问题。参加会议的有江苏省党部中央党团书记侯绍裘，中共南京地委书记谢文锦，中共南京地委委员、共青团南京地委书记文化震，中共南京地

明远楼

委委员、国民党南京市党部常务委员刘少猷，省党部妇女部长张应春，省党部青年部长许金元，中共南京地委委员、市党部妇女部长陈君起，市总工会执行委员、共产党员钟天樾、梁永及刘重民10人。会议持续到了次日凌晨2时，还没有结束。市公安局侦缉队长赵笏臣带领便衣特务50多人包围会议地点并破门而入肆意抓捕，仅刘少猷越墙脱险。三天后，蒋介石密令赵笏臣等用刀把谢文锦、文化震等人活活戳死，并将遗体装入麻袋，在南京通济门外九龙桥旁投入秦淮河，制造了令人震惊的“四一〇”反革命事件，中共南京地下党组织遭受到第一次大破坏，南京市第一个总工会由此也被破坏。

诞生于明远楼的南京市第一个总工会，虽然遭到了血腥镇压，仅存在了十多天，但是在总工会的影响下，广大工人群众的革命热情空前高涨，革命斗争的浪潮一浪高过一浪。在中国工人运动的历史上，南京的工人运动是浓墨重彩的一笔，它在工人群众里播下了革命的火种，为后来的南京工人运动奠定了基础。

国民政府定都南京后，明远楼成了南京市政府的门楼。直至南京解放，明远楼才回到人民的怀抱。如今，这里已成为江苏省文物保护单位。

探究与分享

丹心向阳　矢志不渝

中共南京地委书记谢文锦，1921年加入中国共产党，曾赴苏俄学习，是社会主义青年团最早的团员之一。在他领导下成立的南京市总工会，将南京工人运动推向高潮。

“欲安天下苍生，端赖同志齐心，依照马列主义发动群众斗争，打倒列强军阀，好教宇宙重生”“革命总是要付出代价的，总是有牺牲的。我们不怕牺牲”……谢文锦用鲜血和生命践行心声，书写他为光明的新社会而英勇奋斗的壮丽人生。他不怕牺牲的革命精神和对革命事业的矢志不渝，成为激励新时代青年爱国爱乡、爱岗敬业，推进新时代各项事业更好更快发展的强大精神动力。

● 品读先烈心声，了解谢文锦烈士一步步走上革命道路、为革命事业牺牲的经历，谈谈对“欲安天下苍生，端赖同志齐心”的理解。

笃志与践行

碧血秦淮　精神永继

南京秦淮不仅有源远流长的历史文化，还留存了许多地下党组织活动的遗迹，红色资源丰富。无数共产党人在此抛头颅、洒热血，他们的英勇事迹集中反映了南京共产党人的革命精神。追寻南京地下党组织的斗争历程，感受先烈们前仆后继、敢于斗争、勇于胜利，为革命舍生忘死、为人民牺牲一切的精神和情怀，革命的印迹不应该被忘记。虽然明远楼内的南京市总工会遭到了血腥镇压，但它在工人群众里播下了革命的火种，为后来的南京工人运动奠定了基础。如今的明远楼灯火璀璨，仿佛是英勇先烈们的生命之火重现，它见证着岁月的变迁和时代的发展，供后人瞻仰与寄托哀思。

● 假如邀请你作为秦淮红色文化推广人，请结合明远楼的这段历史，为明远楼写一段推广宣传语。

延伸与拓展

文化震

文化震（1902—1927），字雨龙，贵州省贵阳人。1925年底加入共青团，不久加入中国共产党。曾先后担任过中共南京地委委员、共青团南京地委书记、国民党南京市党部工人部长、南京总工会秘书主任兼总务主任等职。

请了解与南京总工会运动相关的领导人物事迹，丰富对于南京工会运动的认识。

雨花台烈士陵园

烈士英魂励后人

雨花台烈士陵园位于南京中华门外雨花路215号。1927年蒋介石发动"四一二"反革命政变到1949年新中国成立前夕，这里成了国民党屠杀中国共产党人和爱国人士的刑场。22年中，成千累万的共产党人、工人、农民、知识分子等革命志士、爱国人士在此壮烈牺牲，留下姓名的烈士就有1519名。

雨花台烈士陵园是全国规模最大的纪念性陵园，现为全国重点文物保护单位、全国爱国主义教育示范基地。

悲壮的狱中斗争

雨花台烈士就义群雕

雨花台因盛产晶莹圆润、色彩斑斓的卵石而被称为玛瑙岗、聚宝山；又因传说南朝梁武帝时期高僧云光法师在岗上设坛讲经说法感动苍天落花如雨而得名。到了明、清两代，这里成为江南著名的风景游览胜地。然而，在1927年至新中国成立前夕，这里却成为国民党当局的血色刑场。生逢国难当头，在雨花台牺牲的先烈们，甘洒热血，将青春熔铸到了扶危救国的历史使命中。

“就是死，也不能干孬种事！”这句话摘自雨花英烈贺瑞麟于1928年写下的绝笔《死前日记》，他曾任共青团南京市委书记，牺牲时年仅19岁。

贺瑞麟，1925年入读东南大学附中。他在学校接触到的马列著作，促使他的思想发生了重大转变。他立志成为一个替天下劳苦大众求解放的革命战士，并积极参加革命活动，先后加入中国共产主义青年团和中国共产党。

1928年7月，贺瑞麟不幸被捕，关押在国民党首都卫戍司令部。虽然遭受百般折磨，但他依然表现出顽强的斗志。贺瑞麟预计敌人不会放过自己，他开始思考，在失去自由，即将失去生命的时候，还能为党做些什么。“今天是中秋节，是我《死前日记》的开始。”他的《死前日记》记录下敌人的残酷刑罚，也总结了狱中同志的奋力斗争。

“从9月22号起，我们被紧关着的号子忽然紧张起来。老杨请求保释不许，许多难友都停止了接见……啊，去了，去了！永远的别了！同志们最后的一次对望啊！千金一刻，今生今世只此一刻了。努力啊，努力你们的前途。我，我不久就要步砚芬的后尘，到雨花台去了，永远的别了，祝你们早日成功。未来的世界终归是我们的！”

为了表达忠于党的决心，贺瑞麟不仅写，而且画。其中有一幅五角星的画中写着“雨花台”，表示自己已经做好随时牺牲的准备。在写给父母的遗书中，他表达了对家庭深深的歉疚之情，写下了“为大家，弃小家”的心声。

1928年10月6日，贺瑞麟从容地走出看守所，走向雨花台刑场。在通往雨花台的道路两旁，早已站满了许多围观或为他们送行的百姓，个个眼中噙着泪花。刽子手见跟来的群众太多，为防意外，还未到雨花台刑场，就提前杀害了贺瑞麟。

永恒的雨花英烈精神

1930—1934年和1948—1949年这两个阶段，中国革命充满危机，前途未卜，而雨花英烈们却毅然活跃在敌人腹地。他们在关键时刻、生死关头坚信、坚定并坚守了自己的政治选择。

石璞，大革命时期牺牲的最年轻的党员，1930年8月被捕，他被关进国民党首都卫戍司令部看守所。其父石吉昌托人营救。律师到牢中对石璞说：“你父母听到你被捕的消息，悲痛万分，托我来为你辩护。只要你按我的计划行事，可免一死，且能立即释放。你必须在开庭审判时，承认自己由于年幼无知，误入歧途，所犯过失，是受匪徒指使，非出己愿，从此改过自新，闭门苦读圣贤书，以待异日报国。”石璞听后回答："你何不直说令我叛变，苟且偷生。杀我头易，改变我信仰难。"1930年9月4日，石璞在雨花台英勇就义。

1933年8月，曾任中共中央临时政治局常委的罗登贤，在走向雨花台刑场时，留下"个人死不足惜，全国人民未解放，责任未了，才是千古遗憾"的豪迈遗言。

1934年1月，时任共青团上海闸北区委书记的郭纲琳被捕入狱。她的父亲请来国民党中央民训部视察专员，劝她不要将自己的生命和青春自行断送，对此，郭纲琳决绝地回复道："革命者的青春是美好的，我早已将她献给了伟大的祖国。……你们是不可能理解我的心情的，人民却会理解我今天斗争的意义。"

英勇无畏、慷慨赴死的雨花英烈群体有几个鲜明的特点：他们大多家境殷实，衣食无忧；他们都很年轻，牺牲时的平均年龄不到30岁；他们中很多人受过高等教育，还有部分留学海外，可以说是当时社会的精英阶层。他们不是为生活所迫去参加革命，甚至完全可以过着衣食无忧的舒适生活，但是他们却选择了一条流血牺牲的革命道路。他们心里装着的不是一己一家之小利，而是为民奉献和矢志兴邦的担当。他们用青春和热血铸就了以"崇高理想信念、高尚道德情操、为民牺牲的大无畏精神"为内涵的雨花英烈精神，生动诠释了中国共产党人的初心和使命。

不灭的红色记忆

1949年12月12日，为了缅怀革命先烈，南京市第二届各界人民代表会议决定在雨花台建造烈士陵园。雨花台烈士陵园包括雨花台主峰等5个山岗，以主峰为中心形成南北向中轴线，自南向北有广场、纪念馆、革命烈士纪念碑、北殉难处烈士大型雕像、北大门以及西殉难处烈士墓群、东殉难处烈士纪念亭等。陵园正门立有一对石柱，高约18米，朴素庄严，象征俄国十月革命的道路。陵园内部有宽阔的广场和花坛。雨花台中的建筑凝固了近代以来英雄血、百姓泪写就的革命记忆。

巨型烈士雕塑群像是雨花台风景区的标志建筑，也是目前我国最大的花岗岩群雕。烈士群雕建于1979年，栩栩如生地再现了九位先烈在就义前英勇不屈、视死如归的光辉形象。雕像周围松柏常青，象征着革命烈士的忠魂永垂不朽。

雨花台烈士陵园纪念馆

坐落在雨花台主峰峰顶的纪念碑建于1989年，碑高42.3米，寓意为1949年4月23日南京解放。纪念碑由碑额、碑身、碑座三个部分组成。碑额形如红旗和火炬。碑身正面为邓小平同志题写的“雨花台烈士纪念碑”，背面为当代书法家武中奇书写的碑文。纪念碑前立有烈士铜像，高5.5米，题为“宁死不屈”。底层平台两侧立有向革命先烈肃立致敬的群众石刻雕像。

雨花台烈士纪念馆位于陵园南侧，与纪念碑遥相对应，由著名建筑大师杨廷宝设计。馆门庭南北两面均雕有2.5米见方的日月同辉花岗岩浮雕，象征着烈士精神与河山共存，与日月同辉。这是一组“凹”型两层的白色古典型建筑，建筑面积达6000平方米。层面为乳白色琉璃瓦，外墙是花岗岩贴面，正门上有邓小平同志亲笔题写的“雨花台烈士纪念馆”。馆内陈列有1000余件烈士遗物、400多幅珍贵图片，以及恽代英、邓中夏等179位烈士的事迹和文献资料。

整个雨花台烈士陵园，松柏常青，苍松似海，翠竹成林，巍巍青山下，革命烈士长眠于此。雨花台成千上万革命先烈，有着不同的籍贯、不同的年龄、不同的性别、不同的身份，但他们有一个共同归宿——英勇牺牲。他们中的每一个人，为振兴中华、造福人民流尽了最后一滴血。

雨花台烈士陵园鸟瞰图

探究与分享

传唱红色歌曲　品悟英烈精神

“假如我为了真理而牺牲，我革命灿烂的花，会带来了胜利，展开在春天。美丽的中华啊，巨人站在太平洋浪上，高唱着自由和解放……”这首由南京籍雨花英烈赵良璋创作于20世纪40年代的抗战歌曲，成为纪录片《先驱者之歌》的插曲，引起广泛的社会反响。

在战火纷飞的革命战争年代，红色音乐是号角也是精神旗帜。很多革命先烈在革命生涯中都参与过歌曲的创编。他们不仅留下了英勇无畏的革命事迹，也留下了鼓舞人心的红色歌曲。昔日的硝烟早已经散去，震撼人心的旋律却从未被遗忘，《囚徒之歌》《我们越亲近了春天》《我是一颗小小的石头》等一批红色歌曲记录着雨花英烈坚毅的初心和对革命的信仰，也成为一代代人不断前行的强大精神力量。

- 请学唱一首红色歌曲，体悟先烈们的革命精神。

笃志与践行

活化革命文物　共筑信仰高地

电视文献纪录片《致未来书》通过大量雨花台烈士留下的遗书、诗词和文物，为观众讲述了烈士们生前鲜为人知的真实故事。这是一次对雨花台革命烈士遗物、遗书和遗迹的深度寻找，是对烈士崇高精神世界的深入探寻，更是对后来者的深情告白和谆谆嘱托。慷慨赴死的罗登贤对最后一位来探监的朋友说：“我决定以我的生命献给革命，什么也不能动摇我。”郭纲琳烈士在狱中精心打磨的心形铜板，上面工整地镌刻着“永是勇士”。每一个片段、每一件文物都在诉说雨花英烈们的革命精神。

《致未来书》纪录片

● 请登录“中国南京红色在线”，选择观看一个《致未来书》雨花英烈故事红色影像片段，并在班级中举办“雨花忠魂故事会”，宣讲雨花英烈故事，理解他们舍小家为大家的壮举，传颂他们壮志报国的情怀。

延伸与拓展

近年来，雨花台烈士陵园管理局积极创新雨花精神的传播方式，诸如雨花台英烈生前原创歌曲集萃云展览、VR全景雨花台纪念馆、VR全景雨花台、红色日历、档案故事、亲历者、家属口述、“红星计划”综合性革命文物征集活动……用丰富的形式，多样的活动共促红色文化传播，共筑信仰高地。请登录南京雨花台烈士陵园网站，完成一次云参观。

八路军驻京办事处

推动第二次国共合作

八路军驻京办事处旧址位于南京市鼓楼区青云巷41号（原傅厚岗66号），旧址为相距较近的三处：西流湾处遗址已拆迁；高云岭29号旧址没有收回；目前对外展出的仅为青云巷41号的一处房屋。1937年8月，为建立抗日民族统一战线，加强国共两党的联系，经协商同意，中共中央在南京设立八路军驻京办事处（简称“八办”）。“八办”从设立到撤退虽然只存在三个多月的时间，但在宣传我党我军的抗日主张，营救政治犯和恢复、组建党的组织方面发挥了重要作用。1982年3月，八路军驻京办事处旧址被江苏省人民政府列为江苏省文物保护单位。

国共合作抗日新战线

1936年12月，西安事变和平解决，国民党和共产党双方停止内战，转入了全民族抗日战争。次年2月中旬至7月中旬，中国共产党代表周恩来、博古（秦邦宪）、叶剑英、林伯渠先后在西安、杭州、庐山同国民党代表顾祝同、张冲、蒋介石、宋子文等人进行了四次谈判。谈判中，国共两党从不同的立场出发，围绕红军的改编、边区的改制和两党进行合作的组织形式问题，双方斗争激烈，有过多轮争论。

1937年7月7日，日本军队经过长期密谋策划，终于采取占领平津，继而征服整个华北和中国的侵略行动。当日，日军突然向卢沟桥龙王庙中国守军发起进攻，继之炮轰宛平城，此为史上“七七事变”。8月9日，中共中央和红军代表周恩来、朱德、叶剑英应邀到南京参加国防会议，继续与国民党谈判，协商第二次国共合作。

1937年，中共代表博古（中）、八路军参谋长叶剑英（左）和八路军驻京办事处处长李克农（右）在南京

国共合作的基础是建立抗日民族统一战线。经过多次协商，国共双方达成共识，重新合作，共同抗日。红军主力改编为国民革命军第八路军，并设立八路军总指挥部，任命朱德、彭德怀为正、副总指挥。为了加强国共两党的联系，经协商同意，中共中央在南京设立八路军办事处。

1937年8月19日，叶剑英以八路军驻京代表的身份和秘书童小鹏留在南京，负责组设八路军驻京办事处。8月27日，有丰富地下工作经验和正面御敌本领的李克农也奉命从上海到南京就任“八办”处长，又将刚从上海回延安不久的钱之光派来负责军需、财务工作。中共中央洛川会议后，中央书记处书记博古（秦邦宪）也被派到南京，负责与国民党的谈判和国统区党的组建工作。随从博古来南京的还有齐光、吴志坚、康一民、李白等人。齐光负责文书、采办，吴志坚任副官，康一民任译电员，李白任报务员。10月，因公务来南京的邱南章被留在办事处负责总务工作，袁超俊任科员、副官。当时，博古是党中央代表，叶剑英、李克农等也都是党中央派出的人员，所以“八办”同时又是中共中央驻京办事处。

南开大学原校长张伯苓先生因为与周恩来有师生之情，在得知设立八路军驻南京办事处后，将自己在南京鼓楼附近的公馆慷慨地让了出来，这一处西式砖木结构的假三层楼房就位于当时的傅厚岗66号。办事处建立后，随着日常工作日渐增多，办事处的同志又在高楼门29号（现高云岭29号）租了一座小楼作“处长公馆”，实际是博古和一些工作人员的住处。9月11日，国民政府军事委员会按照战斗序列，将八路军编为第十八集团军，因此，“八办”又称第十八集团军驻京办事处。

八路军驻京办事处内景

壮大我党力量新阵地

“八办”建立后，充分利用报刊媒体宣传共产党的抗日救国纲领和八路军战绩。通过邹韬奋主办的《抗战》三日刊，以公开答问的方式，详细介绍抗日军政大学、陕北公学的情况。通过散发《解放》周刊、《抗战》三日刊以及油印宣传品，大力宣扬我党抗日救国主张、八路军前线战绩，对革命圣地延安和陕北公学做了生动、真实的介绍，引导成百上千寻求真理、渴望光明的热血青年和优秀儿女奔向延安的怀抱，为中国革命聚集了众多英才。钱之光后来回忆，1937年8月，他奉命来“八办”报到途中，因同行的战友貌似日本人，在火车上引起一个国民党军官警惕和怀疑。可是，当这位国民党军官得知他们是周恩来派往南京工作的八路军，立即对他们肃然起敬。

邹韬奋

经国民党中央宣传部部长邵力子的同意，“八办”开始在南京筹办中共中央机关报《新华日报》，并请国民党元老于右任题写了报头。由于日军侵略逼近南京，《新华日报》被迫撤离后于1938年1月11日在武汉创刊。

营救监狱中的共产党员和进步人士，是“八办”担负的一项紧迫任务。尽管国共两党早已达成有关释放一切“政治犯”的协议，但国民党迟迟不予执行。在中共中央的据理力争和全国抗战形势的推动下，国民党当局于1937年7月底释放了沈钧儒等七君子。

在北郊晓庄附近还有个首都反省院。8月18日，周恩来、叶剑英到首都反省院看望被监禁的共产党员和革命群众，向他们做了抗战形势报告。周恩来当场点名营救了夏之栩、熊天荆、王根英三人。

根据国民政府批准的《战时监犯调服军役办法》《非常时期监所人犯临时处置办法》，“八办”于8月到10月，陆续营救了被囚禁在南京、苏州、上海、杭州等地监狱、反省院的“政治犯”共1000多人，使大批革命同志重新回到党的队伍中来，继续为中国革命竭智尽心，艰苦奋斗，担心负起天下兴亡的重任。这也是“八办”对党对人民的重大贡献。

推动民族解放新胜利

“八办”努力争取国际舆论对我党我军的支持。杰出的国际主义战士、国际著名记者、作家伊斯雷尔·爱泼斯坦，就是第一个通过南京“八办”这个窗口，向国际社会展示八路军光辉形象的外国记者。

由于蒋介石的长期反共政策，1935年以后，长江流域和华南各省的中共党组织遭到了严重破坏，恢复和建立各地的党组织是我党当时极为迫切的任务。“八办”成立后，不仅以其合法的公开身份为之掩护，而且直接联系、传达和布置地下党组织工作。先后成立了中共南京市委、中共武汉工委，恢复与建立了中共江苏省委，成立了中共浙江省临时工委和中共安徽省委。这些党组织的恢复和建立为我党在南方的发展和统一战线工作，争取抗日战争的胜利，奠定了十分重要的基础。

从成立到撤离，“八办”虽然只有三个多月时间，但却做了大量的工作，为实现第二次国共合作，建立、巩固抗日民族统一战线，推动全民抗战、打败日本侵略者，建立了不可磨灭的功勋。可以说，“八办”的卓著业绩，在中华民族争取独立和解放的光辉史上留下了辉煌的篇章。

探究与分享

选贤任能　壮大力量

我党优秀的地下情报工作者阎宝航是张学良挚友，曾在国民党政府担任要职，是蒋介石身边的“红人”，受到国民党上层的敬重。

1937年7月抗战爆发后不久，阎宝航来到八路军驻京办事处希望会晤负责人，李克农接待了他，并立即向周恩来汇报。阎宝航在南京第一次见到了周恩来。周恩来和他就抗战形势、特点、前景，中国共产党的纲领及抗战方针政策、国共合作、力促张学良将军恢复自由等问题一直谈到深夜，两人谈话投机。此后，他与周恩来交往甚多。

1937年9月，经周恩来、刘澜波介绍，阎宝航加入中国共产党。在决定吸收阎宝航入党时，党内有人提出阎宝航经历比较复杂的意见，周恩来说：“他复杂，你不复杂，他能做的事，你能做得来吗？我们吸收一个党员不是看他出身怎样，社会地位怎样，而是看他的共产主义觉悟，有没有为共产主义奋斗终身的决心。”之后，阎宝航被顺利发展为中国共产党党员，并作为周恩来单线联系的“特殊党员”，出色地完成了党中央交给的重任，在我党情报史上书写了光辉灿烂的篇章。

● 你如何看待周恩来提出的“我们吸收一个党员的标准”，对于发展壮大中国共产党的力量，建立、巩固抗日民族统一战线所起的作用?

笃志与践行

读写历史　建功当代

2013年8月30日，由中央新闻纪录电影制片厂拍摄的12集大型历史文献纪录片《八路军办事处》在北京举行开机仪式。剧组分别前往重庆、上海、香港等地以及美国、俄罗斯等国进行实景拍摄。作为庆祝抗日战争胜利70周年的献礼，纪录片《八路军办事处》以抗日战争时期国共第二次合作为背景，以推动抗日救亡运动为主线，全景式地展示了中国共产党在进行国共合作、巩固发展抗日民族统一战线、发展壮大抗日武装力量、建立发展中国共产党与各民主党派联系的奋斗历程。

● 观看纪录片《八路军办事处》，写一篇观后感与同学们分享。

延伸与拓展

抗日战争全面爆发后，中国共产党与国民党谈判达成协议，将中国工农红军主力部队改编为国民革命军第八路军。八路军在国民党统治区一些主要城市陆续设立了办事机构。八路军在全国除了驻南京办事处以外，还有西安、太原、兰州、武汉等主要城市的办事处。建议假期选择其中一两处旧址，开展研学活动。

李巷

苏南抗战指挥地

南京市溧水区白马镇李巷村，曾是苏南抗战时期新四军的抗日指挥中心。这里留下了众多红色旧居，陈毅、粟裕、谭震林、江渭清、王必成、钟国楚、彭冲、欧阳惠林等许多我党我军的领导人，曾在这里工作与战斗，留下了他们的光辉足迹。新四军和苏皖区党委的无数抗战指令政令从这里发出，指引着新四军与广大军民从胜利走向胜利。

吹响东进抗日号角

1937年11月29日，对溧水人民来讲，是永不能忘的一天。这天下午2时许，侵华日军飞机在溧水上空肆意投弹空袭，1200多条生命因此凋零，5000多间房屋被炸毁烧毁。溧水失守后，驻守这里的国民党军战栗不安、慌忙撤退，百姓的生活水深火热，建立中国共产党领导的抗日根据地迫在眉睫。

1938年4月24日，毛泽东致电新四军副军长兼军分会书记项英，指示新四军“主力开泾县、南陵一带，先派支队去溧水一带侦察”。新四军军部根据电示，从在江南集中的第一、二、三支队中，各抽调一个连的侦察人员计400余人，组成以粟裕为司令员、钟期光为政治部主任的新四军先遣支队，先往苏南敌后实施战略观察，为主力部队开赴苏南敌后抗日做好准备。

李巷全貌

1938年5月，根据毛泽东主席的指示，新四军先遣支队在粟裕司令员的率领下进抵溧水，揭开了新四军东进抗日的序幕，偏僻的乡村李巷成为苏南党政军首脑机关驻地，创建了江、溧、句三块抗日根据地，开展游击战争。

李巷作为苏南抗战的指挥中心，苏南新四军领导机关在这里组织指挥了苏南反顽战役、溧高战役、张家岗战斗等系列战役战斗，发布了《苏南施政纲领》《苏南行政区各级参政会组织条例》等重要政策法令，组织开展了减租减息等一系列运动。

追寻革命前辈足迹

红色旧居是抗战时期，陈毅、李坚真、江渭清、王必成、钟国楚、梅章等新四军高级将领在李巷村的居住地。陈毅、粟裕等一批革命先辈与溧水人民患难与共、生死相依，进行了艰苦卓绝的抗日斗争，指挥了苏南反顽战役等一系列战役战斗。

李巷村的李孝廉家，是抗战时期溧水第一个农村基层党支部——大李巷党支部旧址，也是苏南新四军地下交通总站的旧址。1938年10月，大李巷党支部在李孝廉家成立。1939年春，在这里建立地下交通总站，保证溧高、江溧句两块抗日根据地的通讯联络，肩负传递情报、护送干部的重要使命。李孝廉是大李巷党支部副书记（不久改任党支部书记），是地下交通总站的负责人，也是溧水县农救会主任。1944年4月的一天深夜，日本鬼子突然包围了李巷村，将全村老百姓集中在一片空地上。鬼子头目站在高处，叽里咕噜地大声叫喊，旁边的翻译官传话："李孝廉在哪里？把他指出来！快说呀！不说统统把你们枪毙。"连喊了几遍都没有回应，鬼子头目急了，从高处跳下，在人群中拖出一个老汉，用刀架在他脖子上："你说，谁是李孝廉？"老汉始终

梅章旧居

不吭声。“再不说，马上杀了你！”鬼子头目穷凶极恶地说。在这紧要关头，李孝廉拨开人群，高喊：“我是李孝廉，放开他！”李孝廉被鬼子抓走了，全村老百姓得救了。李孝廉在狱中受尽了酷刑拷打，但他始终保持革命信念，坚守党的秘密。

钟国楚戎马一生，是抗战时期在溧水战斗时间最长的新四军将领。钟国楚经常住在李巷村，组织开展抗日斗争。他与李巷村民建立了深厚的友谊。房东李子发的妻子曹福英经常为新四军端茶送水，缝衣做饭。1945年10月，新四军奉命北撤后，国民党残酷迫害抗日基层群众，曹福英被抓。国民党严刑逼供，逼她交出新四军的物品，她严词拒绝，最后被折磨致死。钟国楚一直惦记着这位坚贞不屈的女村民，两次到李巷村李子发家看望，一再赞扬曹福英的气节。在长期的抗日斗争中，钟国楚对溧水怀有深厚的感情，1996年逝世后，按照他的遗愿，归葬于溧水中山烈士陵园。

梅章，1943年先后担任新桥区委书记、韩胡区委书记等职，1944年1月再次接任新桥区委书记，1945年随新四军北撤。其间，梅章在新桥中心区积极开展党建工作，注重发挥党员先锋模范作用，深入基层了解民情、解决民忧，深受李巷及溧水百姓尊敬。梅章与李广在李巷村喜结连理的故事，被传为美谈，直至今日仍为李巷人所传诵。

缅怀抗日反顽英烈

李氏祠堂有100多年的历史，2017年9月重新修建并保留旧宗祠的风貌，集苏南党政军首脑机关驻地旧址和溧水人民抗日斗争纪念馆为一体。全面抗战时期，它是新四军主力部队在李巷的指挥中心，原六师十六旅旅部、中共苏皖区党委领导机关、苏南区行政公署领导机关驻地。

1938年至1945年，中国共产党及其领导的新四军，组织带领溧水人民建立和发展三大抗日根据地，开始艰苦卓绝、波澜壮阔的抗日斗争。1938年，新四军先遣部队进驻溧水，陈毅曾经在李氏宗祠主持召开苏皖区党委和十六旅干部会议。

1941年底至1943年4月，中共苏皖区委、苏南区行政公署、新四军十六旅旅部等苏南党政军首脑机关驻扎在李氏宗祠，李巷成为新四军苏南抗战的指挥中心，为夺取苏南抗战的胜利贡献了重要力量。

1941年11月28日，日军出动3000余人，对新四军十六旅旅部和苏南党政领导机关驻地溧阳塘马进行大规模“扫荡”。十六旅指战员与日军激战，旅长罗忠毅、政委廖海涛壮烈牺牲。29日晚，新四军十六旅旅部和苏南党政领导机关转移到溧水白马桥，与李巷四十六团团部会合，驻于李氏宗祠。

李巷战火年代场景复原（蜡像）

1943年4月12日至15日，苏南反顽战役（新四军反击国民党顽固派军队进攻）打响。此前国民党调集了12个团15000多人的兵力，与日伪配合，进攻驻溧水县境内的苏南党政军首脑机关和新四军主力部队。我军5000余名指战员奋起自卫，浴血奋战三昼夜，取得了重大胜利。在这次战役中，我军伤亡300余人，其中壮烈牺牲179人。苏南反顽战役后，苏南党政军首脑机关暂时撤离溧水。

为了纪念反顽战役的胜利，缅怀先烈，告慰忠魂，中共溧水区委、溧水区人民政府于1985年5月至10月建造了苏南反顽战役阵亡将士纪念塔。原苏皖区党委书记、新四军十六旅政委江渭清为“苏南反顽战役阵亡将士纪念塔”题字。

探究与分享

功成不必在我　功成必定有我

1942年春，新四军十六旅下辖四个团和抗日军政大学第九分校共5000余人驻扎在李巷片区。陈毅、江渭清、钟国楚等新四军将领来到溧水后，就住在李巷自然村的村民家里，并与村民结下深厚情谊。这里被称为“苏南小延安”，流传了一段段军民鱼水情深的佳话，新四军精神在这里代代相传。钟国楚将军的故事就是新四军精神的缩影。

1942年，日伪军3000多人对溧水中心区进行了大“扫荡”，钟国楚率部及时跳到外线打击敌人。6月，他率部连续攻克博望、小丹阳、桑园铺等据点，初步收复了江宁横山地区。7月，国民党顽军对十六旅旅部里佳山发动进攻，钟国楚用持久消耗战术与顽军做斗争，先后进行了八次战斗，取得了反顽战斗的胜利。

钟国楚在溧水战斗了八年，与人民建立了深厚的感情。他舍小家为大家，始终坚定“功成不必在我”的为民情怀与奉献觉悟。最后，按照他的临终遗愿，他长眠于南京溧水中山烈士陵园。

● 你如何看待钟国楚“功成不必在我”的精神境界和“功成必定有我”的责任担当?

笃志与践行

汲取初心力量

李巷的草木见证了光荣的革命历史，每一个地方都焕发出革命的激情，凝聚了一代代奋斗者的价值追求，构成了共产党人的精神大厦。这里的红色遗址还在继续展示着时代的风采，红色的记忆依然鲜活，革命的精神依然在传承。

● 如果你是李巷的一名讲解员，请你选择李巷的一位红色人物或者一首红歌，给前来参观的人们进行讲解。

延伸与拓展

关于李巷的红色故事，同学们可以登录“中国南京红色在线”网站，进行进一步查阅，以更好地了解李巷在抗战年代的作用。

竹镇

南京地区最早建立的抗日民主政府所在地

1942年8月26日，根据抗日斗争形势发展的实际需要，经淮南行署批准，新四军建立竹镇市抗日民主政府。在抗日民主政府的领导下，根据地军民自力更生、发展经济，充分保障了军民的生活供给和军工物资、部队装备，一举粉碎日伪军的经济封锁，抗日烽火在这里越烧越旺。抗日战争胜利后，市政府奉命撤销，但其旧址遭到国民党反动派的疯狂破坏。2002年，竹镇市抗日民主政府旧址修葺后更名为竹镇市抗日民主政府纪念馆，成为南京市爱国主义教育基地。

军民同心　初建政府共抗日

竹镇位于南京市六合区的西北部，历史悠久，四境环山，三面带河，水陆往来便利，作为苏皖交汇地，商贸云集，经济繁荣，有“小上海”之称。

1938年夏秋之交，日本帝国主义的侵略打破了小镇的宁静，竹镇遭到日军飞机连续九次的狂轰滥炸，炸弹、燃烧弹、机枪子弹落如雨点，整个镇子浓烟滚滚，血肉遍地，一场浩劫死伤群众两千多人，将繁华的“小上海”夷为平地。

面对日军暴行，中国共产党带领人民积极进行反击。1939年8月，新四军五支队在罗炳辉司令员的率领下挺进竹镇，开辟了以竹镇为中心的抗日根据地，竹镇也因此成为津浦路东主要抗日根据地之一。

作为抗击日军的前沿阵地，竹镇涌现出了无数英雄人物。1939年在罗炳辉的组织下，竹镇回族阿訇李叔度响应号召，积极组织回族民众走上抗日前线，回民支队从90多人发展到200多人，成为六合地区打击日军的一支劲旅。1940年3月，国民党顽固派部队偷袭驻扎在竹镇的新四军，由于兵力悬殊，新四军伤亡较大。撤退中，新四军某连六班高班长身负重伤掉队，被竹镇桃花坞居民朱二之子朱祝明发现，将其背回家中养伤。但朱家把高班长送往新四军驻地途中被特务发现，朱祝明被敌人带走盘问。朱二置亲子安危于不顾，乘特务离开之际，将高班长送至距竹镇12华里的薛家集新四军驻地。而朱祝明为此遭到严刑拷打，直至后来新四军取得竹镇保卫战胜利，才被放回。为表彰朱二一家大义救护新四军的崇高品德，新四军第五支队司令员罗炳辉等亲自签署奖状，这也是当时全国唯一一张新四军为老百姓颁发的奖状。

1941年，500多个日伪军到竹镇区抗日根据地“扫荡”，区长王若水随区工人武装队伍转移到白羊乡驻防。由于汉奸的告密，“扫荡”的日伪军埋伏在区队驻地周围，天刚亮，区乡干部和民兵起身出操报数时，敌人迅速从三面包围过来，情况万分危急。为掩护区乡干部突围，尽量减少损失，年仅21岁的共产党人史兆壁当机立断，决定由他带领15名区队员，奋力抵抗敌人，掩护王若水等十多名区乡干部向北突围。终因寡不敌众，弹尽援绝而主动向井二王庄撤退。不料后侧又遭遇了一群敌人进攻，在两面夹攻的危急情况下，史兆壁的腿部中弹负了重伤。日伪军沿着他的血迹追到井二王庄的一农户家里，史兆壁惨遭日寇杀害。竹镇区把井二王庄所在地的白羊乡改名为兆壁乡，以示纪念。

随着革命斗争的不断升级，抗战需要团结更广大人民群众的力量。1942年8月，经淮南行署批准成立竹镇市抗日民主政府。竹镇市抗日民主政府是在抗日斗争的烽火中诞生的，是南京地区最早建立的抗日民主政权和人民政权。它的建立与巩固不仅标志着竹镇人民成为这块土地上真正的主人，也标志着竹镇人民抗日斗争进入了一个新的历史阶段。

战斗中的新四军

砥砺前行 革命先辈传薪火

在极其艰苦的条件下，抗日民主政府领导各界军民，在竹镇一带开展参军、扩军、献枪，组织民兵借粮、减租减息，组织工抗、农抗、妇抗、青抗、儿童团等抗日支前运动，有力地配合了新四军的军事行动。新四军五支队在司令员罗炳辉率领下，先后组织了盘山战斗、金磁山战斗等一系列战斗，沉重打击了日寇的嚣张气焰。其中老古墩伏击战更是被誉为“东进雄州第一功”，是新四军挺进六合后与日军发生的首次激战，打破了“日军不可战胜”的神话，鼓舞了抗日军民的革命斗志。

罗炳辉、方毅、邓子恢、刘顺元等老一辈革命家曾在这里领导、指挥革命老区人民的抗日斗争，留下了许多军爱民、民拥军的可歌可泣的壮丽篇章。

如今的竹镇市抗日民主政府纪念馆正门楣刻是曾任竹镇市委书记的曹广敦的笔迹。而纪念馆中，首任市长武铁肩的办公室、会客室、卧室还依照当年模样布置。

武铁肩是一位回族商人，主张社会变革，关注民族发展，支持并拥护党为穷人谋解放的政治主张，在党的统一战线政策开始贯彻时，便成了中国共产党的亲密朋友。武铁肩于1941年任竹镇市第一任市长，两年多的任期内，不仅不拿工资，还出钱出物招待新四军指战员。

武铁肩常说：“一个人若把钱财看重了，这个人本身的价值就轻了。”武铁肩的女儿武一青至今仍将这句话铭刻在心。1939年新四军进驻竹镇，因武铁肩家中比较宽敞，凡来竹镇的领导都住在他家中。在武一青的印象里，家里总是高朋满座，宾客如云，自家房子成了招待所。和高级将领们的频繁接触，使武铁肩进一步受到抗日救国革命思想的熏陶。津浦路东各县联防办事处主任邓子恢曾和新四军五支队司令员罗炳辉这样评价：“武铁肩先生虽然是商人，但他毫无商人习气；他虽不是共产党人，但他的思想和行为都处处和我们合拍。”

武铁肩出任竹镇市抗日民主政府市长后，从未领过分文津贴。他说：“政府目前财政困难，乡亲们纷纷捐钱献粮抗日救国，我不缺吃穿，怎么能再领来自人民的钱粮呢？”1943年，有一次政府收到三天内紧急征收小麦面若干的任务，那时候小麦面尚无机器加工，全靠一家一户的石磨磨面，快到军需来取面时，有些村民仍未能磨出来，不能如数交付，武铁肩便从自家拿面补上。他还主动捐资为政府办事，并把市政府警卫班10多名战士每人每年两双鞋的费用全部承担下来。在那个环境复杂的战争年代，竹镇市政府既要抓生产、为新四军提供各种保障，又要做好对敌斗争的各项任务，还要维持地方发展。事情繁杂，但武铁肩却处理得井井有条。

竹镇市抗日民主政府首任市长武铁肩办公室原貌

武铁肩

此外，武铁肩还和同事们积极探索，推动成立了利华公司——竹镇市抗日民主政府公办的商贸公司。利华公司经营物资交流和进出口业务，向敌占区出售粮食、生猪、家禽、菜牛、食用油等农副产品，购进棉纱、棉布、西药、纸张以及制造枪支弹药原材料。公司在各地的供销收购站，筹集进出口土特产品、工业用品，支援抗战，平抑物价，稳定金融，发展抗日根据地工业。此外，利华公司还积极协助搜集敌方情报，护送新四军人员出入敌占区。利华公司地处淮南抗日根据地前哨，不少工作人员牺牲在抗日烽火中。

在那峥嵘岁月里涌现出一大批同武铁肩一样的爱国人士，他们心系国家，心怀大爱，在风雨飘摇之际挑起重任，带领竹镇人民顽强拼搏、保卫家园，为抗战的胜利奉献出自己的力量。

硝烟已散　峥嵘岁月永铭记

1945年抗日战争胜利后，竹镇市抗日民主政府在完成其历史使命后奉命撤销。1946年新四军北撤后，国民党反动派卷土重来，市政府旧址遭到毁坏。1982年8月，南京市人民政府将旧址命名为市级重点文物保护单位。1983年拨专款进行修缮，恢复原貌，供各界群众瞻仰。2002年市抗日民主政府成立60周年之际，在省市各级各部门关心下，又一次进行了大规模整修，并于2006年被南京市委命名为南京市爱国主义教育基地。

这座坐东朝西、老式砖木结构的四合院，一色的青砖小瓦，古朴庄严。“竹镇市抗日民主政府”9个大字显示着它曾经不平凡的身份，它见证着战争年代的传奇故事，它承载着英雄儿女的不朽精神。

竹镇市抗日民主政府所在的这座四合院原本是地主的老宅，是很气派的一座徽派建筑，两层楼，中间天井有一座亭子，后因战乱，二楼部分和亭子都被毁掉了，现在只剩下眼前看到的一层四合院。曾经的新四军战士也依然清晰地留存着关于这座四合院的记忆。当年20出头的新四军号手王苗林如今已经90岁高龄，1938年随着部队驻扎在距离竹镇县城10里外的一个村庄，趁着闲暇多次和战友到竹镇县城看热闹。“当时竹镇是远近闻名的经济中心，沿街都是大大小小的商铺。有一次，我和几个战友正好逛到这座四合院，当时这里还是地主家的老宅。”

竹镇市抗日民主政府旧址

王苗林说，后来新四军打到这里，地主跑了，这里成了抗日民主政府所在地，他所在的新四军二师五旅十三团在附近打游击，前前后后到这里来了好多次。1950年，王苗林从部队复员后，定居在竹镇，娶妻生子，“这是我们的老根据地，很有感情”。

新中国成立后，中央和省、市、县在此战斗工作过的老领导、老首长多次来到市政府旧址参观，追思往事，缅怀先烈。

探究与分享

政策聚人心　政权有力量

顺应抗日斗争形势发展的实际需要，1942年8月新四军建立竹镇市抗日民主政府。政府根据党中央领导的建议，制定了减租减息、惩治汉奸等政策法令，公布财政、贸易、征收公粮等条例，采取吸收开明绅士、进步分子参政议政等措施，全面革除了旧政权遗留下来的弊端。此外，政府领导以身作则，积极参与并领导群众开展抗日活动，组织起各种抗敌协会，带领根据地军民自力更生、发展经济、增加财政收入。在政府的带领下，军民相亲，一致对外，在抗战中发挥了重要作用。

● 探究竹镇市抗日民主政府在抗战中取得重要成就的原因，思考革命精神在当代有怎样的现实意义。

笃志与践行

探访民主政权　弘扬抗战精神

历史不应只被陈列，精神应当代代相传。岁月流转，竹镇市抗日民主政府承载着一代又一代人的希冀与情怀。战火纷飞时，它是抗日前沿堡垒。万家灯火中，它是红色教育阵地。青年一代走进这里，缅怀抗战英烈，纪念抗战胜利，弘扬抗战精神。

● 实地探访“竹镇市抗日民主政府纪念馆”，收集竹镇市抗日民主政府的重要图文史料，运用多媒体技术，讲述革命先辈在抗战岁月留下的红色记忆，创作竹镇市抗日民主政府的宣传片或短视频。

延伸与拓展

竹镇市抗日民主政府纪念馆，被载入“中华魂·百部爱国故事丛书”。丛书以图文并茂的形式介绍了全国各地的国家级、省级爱国主义教育纪念馆和博物馆。同学们可自主阅读，了解红色地标，传承红色基因。

梅园新村

中共代表团办事处

梅园新村纪念馆——中共代表团办事处旧址，位于南京市玄武区梅园新村30号、35号、17号，由中共代表团办事处旧址、国共南京谈判史料陈列馆、周恩来铜像、周恩来图书馆等组成，是全国重点文物保护单位和全国爱国主义教育示范基地。

1946年5月3日至1947年3月7日，在10个月零4天里，梅园新村见证了以周恩来为首的中国共产党代表团同国民党政府进行的艰巨斗争。谈判期间，中共代表团坚定地执行党中央的指示，在国统区广泛地领导和开展爱国民主运动，揭露蒋介石假和平、真内战的阴谋，争取朋友，教育人民，对加速解放战争的胜利做出了巨大贡献。虽然国共谈判破裂了，但我党满载人心返延安！

居龙潭虎穴斗志昂扬

抗日战争胜利后，饱受战争苦难的中国人民渴望和平与安宁。为粉碎国民党的内战阴谋，争取中国的持久和平，周恩来肩负着中国共产党和全国人民的神圣使命，于1946年5月3日率领中共代表团来到南京，居住在梅园新村，与国民党政府进行针锋相对的谈判斗争。

中共代表团是中共中央派驻在国民党政府首都的代表机关，是中国共产党在国民党统治区的指挥中心，是国统区人民心中的灯塔，梅园新村30号是中共代表团的中心。主楼楼下西侧是代表团会客室，东边是周恩来和邓颖超的办公室与卧室，阁楼上是代表团机要科。为了防止特务的监视和破坏，中共代表团将四周的围墙加高了一倍，并在前面的传达室和后院的晒台上面各加盖了一层小楼。

梅园新村30号中共代表团会议室

中共代表团在南京，所处的政治环境比重庆时期更加严峻和恶劣，斗争更加尖锐，危险性更大，生活更加艰苦。在代表团住房的周围，国民党反动派设立了十多个特务据点，前后左右，门对门，窗对窗，虎视眈眈地对代表团进行严密的监视。特务专用的摩托车、吉普车、小轿车停在街头巷尾，随时准备对代表团进行跟踪盯梢。化装成“摊贩、鞋匠、算卦先生、三轮车夫、卖报纸”的特殊人物，也日夜在周围窜来窜去，仿佛在空气里面四处都闪耀着狼犬那样的眼睛。但是，在周恩来的带领下，代表团全体人员都自觉地严格要求自己，以苦为乐，以苦为荣，情绪饱满，斗志昂扬，充分表现了革命乐观主义精神和革命气节。

1946年5月29日，在《新华日报》南京办事处工作的鲁明和林冈结为革命伴侣。周恩来、董必武等代表团的领导和工作人员参加了他们的婚礼。当时条件很困难，邓颖超临时剪下了一块红绸，董必武题上“天作之合”四个字，大家纷纷签名，表示祝贺。婚礼既简单又朴素，充满了欢乐的气氛。

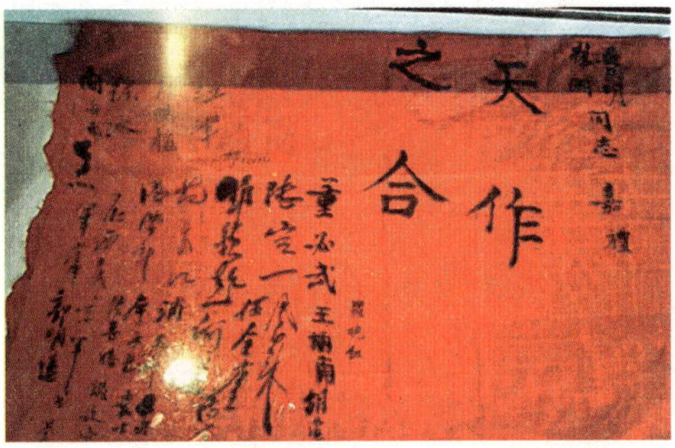

代表团成员喜结连理，周恩来等签名祝贺

中共代表团机要科的办公室是三间低矮的小阁楼，在炎热的夏季，里面如同大蒸笼。仅有的几个可以通风的小窗，还不得不日夜蒙上红黑两色的双层窗帘，以挡住特务的监视。周恩来非常关心同志们的健康，经常到小阁楼上看望大家，并不顾暑热，把自己使用的电风扇拿给同志们使用。

为民主和平针锋相对

在南京谈判的过程中，中国共产党与国民政府的和平和内战之争进行得如火如茶，中国共产党表达出了希望维护国家和平与稳定的期盼，向全国人民发出了“团结、和平、民主”的号召。但是，国民党企图独占抗战胜利的果实，坚持“内战、独裁、分裂”的方针。与国民党不同的是，共产党坚持着以建设百废待兴的中国为己任，坚持立足于整体、统筹全局的信念。

中共代表团到达南京后接触到的第一个问题，就是制止中原内战。为此，周恩来亲赴实地考察，与国民党多次进行谈判，据理力争，签订《汉口协议》，指导我中原部队战略转移，使国民党发动全面内战的时间受到了约束，有效地保证了中原部队的胜利突围。

为了发动全面内战，蒋介石阴谋策划使黄河重归故道，水淹解放区，并且把山东、豫东、苏北等解放区同华北解放区分割开来。1946年初，正在重庆同国民党谈判的周恩来，敏锐地察觉到这一问题的严重性，进行了坚决的斗争。由于周恩来等人多次不懈的谈判斗争和努力，随着堵口复堤工程的竣工，善后救济居民的妥善解决，使国民党“以水代兵”的阴谋彻底破产。

除了周旋于谈判桌前，周恩来还以中共中央南京局书记的身份，在统一战线工作方面，以心交心，入理入情，争取大量的爱国民主人士和第三方面人士的理解和支持。其中，林雨水等五个归侨出身的国民党空军飞行员，在南京巧遇周恩来和邓颖超。他们对共产党和平、民主的政治主张一直十分敬佩，也向周恩来表达了厌恶内战、不愿国人自相残杀的愿望。周恩来赞扬了他们的爱国精神。为了留作纪念，周恩来在林雨水掏出的一张五百元法币上，用钢笔签了“周恩来”三个字，并对他们说：“欢迎你们到我们解放区去。”第二年，林雨水毅然离开了国民党空军。1949年，林雨水参加了香港“两航”起义，投身到人民军队的怀抱。

周恩来签名的法币

求人民解放精神永驻

1946年11月15日，国民党不顾中国共产党和全国人民的反对，悍然召开一党包办的“国民大会”，国共和谈之门被国民党一手关闭。16日下午，周恩来在梅园新村举行告别性的记者招待会，发表《对国民党召开“国大”的严正声明》。声明指出，国民党一手包办的“国大”破坏了召开政协以来的一切决议和停战协定以及整军方案，隔断了和平商谈的道路。他还表示，中共“愿同中国人民及一切真正为和平民主而努力的党派，为真和平真民主奋斗到底”。

19日，一架飞机驶离南京上空，周恩来率中共代表团部分同志离开南京返回延安，少数同志仍在坚守，以免被蒋介石嫁祸称中共“关闭谈判大门”。

中共中央南京局在10个月的时间里，与国民党反动派进行了针锋相对、有理有利有节的斗争，推迟了全面内战爆发的时间。同时坚持团结一切可以团结的力量，为推动国统区党的工作和爱国民主运动，为加速革命新高潮的到来，夺取新民主主义革命在全国的胜利，做出了卓越的贡献。亲身经历过这段革命历史的邓颖超曾深刻指出：梅园新村是中国共产党和国民党政府谈判的最后一站，是中共党史重要的一页。

探究与分享

模拟国共和谈　感悟梅园精神

电影《一号目标》讲述的故事取材于发生在梅园新村的国共谈判事件，该片许多具体情节源自真实的历史。1946年，以周恩来为首的中共代表团进驻梅园新村，为粉碎国民党反动派的内战阴谋，与国民党政府进行长达6个多月的谈判，影片内容围绕其间的斗智斗勇展开。周恩来在国共南京谈判期间的生活，惊心动魄，影响深远。

- 观看电影《一号目标》，选取其中一个片段，演一演中共代表团与国民党政府的谈判过程。
- 谈判期间，中共多次做出让步，而国民党当局坚持无理要求，最终导致谈判破裂，中共代表团被迫撤离梅园新村，人民和平的期盼没有实现。有评论认为：“南京谈判是一场不可能成功的谈判。”查找相关资料，谈谈你对这一评论的认识。

笃志与践行

学习伟人风范　筑梦青春理想

与梅园新村纪念馆毗邻的是有着80多年历史的南京市梅园中学，这所现已更名为南京市玄武高级中学的学校创建了全国第一个“周恩来班”。

1980年，在梅园中学担任语文教师的孙逸江接手初一（5）班，这个班当时集中了同年级里学习成绩和思想品德都相对落后的同学。怎样才能把孩子们的学习积极性调动起来，培养他们成为德智体全面发展的好学生？孙老师想到了距学校仅有几百米的中共代表团梅园新村纪念馆，想到了大家都十分敬仰和爱戴的周恩来总理。何不尝试一下用伟人精神去影响孩子们的成长呢？

这个想法得到了纪念馆的支持和配合。他们派出工作人员走进班级，用朴素的语言给孩子们讲周恩来的故事，邀请孩子们到纪念馆参观展览。改变在潜移默化中发生了。孩子们通过学习周总理的革命业绩和不朽风范，精神面貌发生很大转变，学习成绩上去了，集体荣誉感增强了，懂得尊敬老师、关心他人了。第二年，这个班级一跃成为全校的优秀班集体，并在1982年成为全国首个“周恩来班”。

目前，全国范围内已创建了数百个“周恩来班”。创建命名活动从南京扩展到云南、西藏、上海、北京等地，受教育的各族学生上百万人。创建活动深入人心，蓬勃开展，形成了一定规模，教育意义十分深远。

- “为中华崛起而读书”是周恩来在少年时代立下的宏伟志向。请以“追寻周恩来的足迹”为题在班级做一次演讲，分享周恩来的故事，表达自己在学习生活中准备如何向周恩来学习。

延伸与拓展

梅园新村纪念馆陈列展示的主题包括“为了和平，进行重庆谈判”“进驻梅园，开启南京续谈”“审时度势，力控严峻局势”“扩大统战，开辟第二条战线”“竭力奔走，各方斡旋调解”“抵制‘国大’，中共赢得人心”六大部分，以大量珍贵历史照片、文物和资料，展现了70多年前中国命运转折点上的国共谈判历史。参观纪念馆，重温发生在梅园新村里的故事。

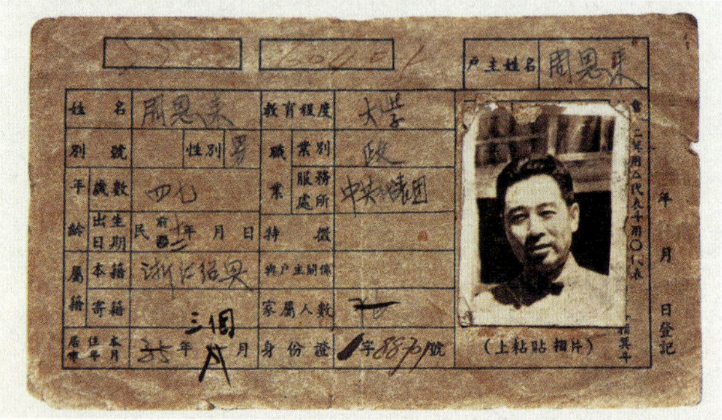

1946年制作的周恩来户口卡

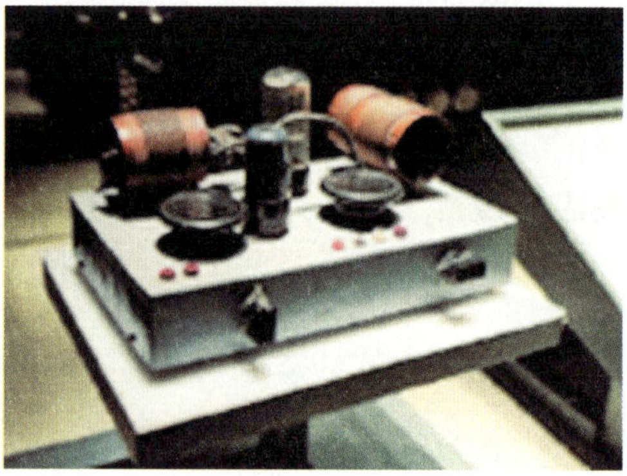

中共代表团自制的机要小电台

总统府

人民解放军占领南京标志地

总统府，位于南京市玄武区长江路292号，是中国近代建筑遗存中规模最大、保存最完整的建筑群，是南京民国建筑的主要代表之一，也是中国近代历史的重要遗址。1949年4月23日，中国人民解放军占领南京，宣告国民党反动统治覆亡，翻开了中国历史新的一页。

近代历史见证地

在中国近代史上，总统府多次成为中国政治军事的中枢、重大事件的策源地，许多重要人物在此活动，见证了一系列风云变幻的重大历史事件。

1912年1月1日，孙中山在总统府暖阁内宣誓就任中华民国第一任临时大总统，后在袁世凯的逼迫下辞职。此后15年中，总统府主官20次易人，府邸18次更名，真如走马灯一般让人眼花缭乱。

北伐战争取得局部胜利后，1927年4月12日，蒋介石向共产党人举起屠刀，发动反革命政变，于4月18日建立了南京国民政府。此后10年，总统府作为国民党统治中心。1937年抗日战争全面爆发，12月日寇占领南京，制造了举世震惊的南京大屠杀，国民

1949年人民解放军占领总统府

政府被迫于1938年1月11日迁至重庆。30万南京同胞血迹未干，梁鸿志、汪精卫等先后卖国，总统府屈辱地为日军、汪伪政府所用。抗战胜利后，国民政府还都南京，这里仍为国民政府所在地。

到1949年1月，解放军取得了辽沈、淮海、平津三大战役决战的胜利。蒋介石为了赢得时间，妄图依托长江以南半壁江山重整军力卷土再来，一方面于1949年1月21日宣布引退，由副总统李宗仁任“代总统”，并出面提出与共产党进行和平谈判；另一方面仍然总揽军政大权，积极扩军备战，部署了汤恩伯、白崇禧两集团70万兵力的“千里江防”。对此，中共中央军委决定以百万大军发起渡江战役，夺取国民党的政治经济中心。

红旗飘扬的古都

1949年4月23日晚，解放军进入南京。24日凌晨，南京长江路292号，夜幕下的总统府三扇大铁门紧闭，前院空空荡荡，早已人走房空。整个总统府，从前到后，到处飘洒着纸张文件、废弃报纸，还不时冒着缕缕青烟。只有几个房间还闪烁着忽明忽暗的灯光。解放军营长管玉泉率部抵达总统府后，发现总统府大门虽然紧闭着，但只是用插销插着，并没有上锁。当部队到大门口时，里面立即就有了反应。很快，就出来了两三个人，很配合地将大门打开。六名战士用力推开了沉重的镂花大铁门，大队人马立即涌入，很快就抢占了有利的地形，控制了整个总统府大院，没有残敌顽抗，当场俘虏了十多名未佩枪弹的卫兵。

人民解放军占领总统府

总统府东墙上挂着一幅蒋介石身着军装的画像，通讯班班长王保仁看到后顿时怒从心起，端起枪连打了数枪，战士刘学山也来了个点射。随后，在俘虏兵的引领下，战士们登上了总统府顶楼，看到旗杆上还挂着国民党的旗子，管玉泉一个箭步冲上去把它扯下，换上一面我军冲锋时用的红旗。这时正是4月24日上午8时。那是一个让全世界瞩目的中国历史永久铭刻的伟大时刻，它标志着国民党统治的覆灭。

金陵支队部分干部合影

伴随着渡江战役的枪声，一支特殊的队伍——金陵支队，也踏上征程，徒步行军，向南京进发。这是中共中央为解放和接管南京提前规划和组建的一支队伍。早在3月份的时候，中共七届二中全会便对接管南京做了全面部署，提前任命刘伯承为南京市市长兼市委书记，宋任穷为南京市委副书记，并在全国所有解放区抽调人才，集中培训。4月10日，金陵支队按照接管南京的需要和个人专长特点，完成了编队工作。渡江战役打响后，金陵支队随大军出发奔赴南京。4月26日，宋任穷率金陵支队首批成员进入南京，后续部队也相继到达。

为了让城市尽快走上正轨，恢复生产生活秩序，金陵支队队员像一把把火炬照亮南京各个领域。他们以崭新的精神面貌，在新建的南京市党政群机关、企业、大专院校、科研院所等各个岗位上发挥着重要作用。国民党早就预言，共产党得天下易，坐天下难。可他们完全没有想到，南京一解放，一支从天而降的奇兵成为活跃在新生的共产党政权下既懂法又懂专业的骨干力量。他们迅速接管南京各个领域，维持着南京这部庞大机器的正常运转。5月1日，金陵支队的南下干部与地下党干部成功会师，中共南京市委正式成立，金陵支队名称正式撤销。金陵支队的南下干部全部进入军管会和市委工作，开始了创立人民民主新政权，建设社会主义新南京的伟大事业。

众志成城夺胜利

南京解放，有赖于中共中央的正确决策部署和革命战士的英勇战斗精神，同时，还有两个散发着爱国主义光辉的事件值得铭记，它们从不同侧面阐释了胜利的深层原因。

第一个事件来自国民党爱国将领。1949年4月23日是国民党海防第二舰队起义的日子，这一天到来之前林遵的心情无比激动。可是4月22日拂晓，林遵突然接到国民党海军司令桂永清的电话，让他天亮前火速赶到海军司令部接受新的任务。去还是不去？离渡江战役打响还有几个小时，如果不去，可能会引起桂永清的怀疑。为了全局的安全，林遵不顾个人安危，毅然决定赴约。“万一我回不来，就由戴参谋长代理我指挥。起义的计划不能改变！”当晚，林遵率领第二舰队到南京笆斗山江面锚泊待命，不顾个人安危登岸报到。林遵受命即回，立即通知各舰舰长和炮艇艇长到旗舰召开紧急会议。会上，林遵见时机成熟，以无记名投票形式通过了起义决议。4月23日，林遵率领9艘军舰、16艘炮艇、1271名官兵在笆斗山附近起义。国民党获悉之后派出多架飞机对舰艇狂轰滥炸，林遵指挥战斗，最终舍舰走人，保证了全部起义官兵的人身安全。此次起义被毛泽东、朱德誉为“南京江面上的壮举”，国民党长江下游防线也因此留出许多空隙，为解放军渡江创造了极有利的条件，加速了解放南京和全国的进程。

第二个事件来自广大人民群众。4月22日深夜，解放军第三野战军三十五军一〇三师解放了浦口。4月23日中午，第三十五军接上级立即渡江的命令，急需船只。当晚，一名老艄公划小划子将侦察班送到长江南岸。他们在首都电厂运煤码头找到运煤船“京电号”小火轮。在厂长和值班工程师安排下，几名船工不辞辛苦，连续往返于下关、浦口之间，接运三〇七团指战员过江。他们又在江边找到一只可载二三百人的趸船，由“凌平号”牵引，两船同时渡江。在中共地下党组织的安排下，他们还组织了南岸沿江一带的木帆船、小划子，以及机动船只共1428艘，动员船工2000多人加入接运解放军的行列。4月23日午夜，渡过长江的解放军由挹江门入城。南京解放后，4月27日，邓小平、刘伯承、陈毅等渡江战役总前委领导赶到总统府。5月10日，南京市人民政府宣布成立。此后，总统府先后成为南京市和江苏省机关办公处，20世纪80年代以来，机关单位陆续迁出。2003年3月，中国近代史博物馆在总统府旧址上建设完工，并正式对外开放。

探究与分享

飞向光明的雄鹰

1948年末，一连串的爆炸声震动了整座南京城。

12月16日，国民党空军第八大队中尉飞行员俞渤等五人决定起义。晚上8点刚过，他们各自整点飞行装备，走向B-24飞机的停机坪，花了半个小时找到一架加满了机油、挂满了炸弹的B-24飞机。飞机起飞后，按照预定设想，机上五颗炸弹中的四颗炸机场，剩下一颗目标是总统府。因为飞行仪器故障，投弹未能成功，一下子落到了长江边的燕子矶附近，石头城为之大震。事后分析才知道，因为机场内另一线的地下党成员担心这架飞机会被派去轰炸解放区而动了手脚，对轰炸机的投弹系统进行了破坏。

投下炸弹后，他们迅速撤离，径直向解放区飞去。次日凌晨3时，俞渤等五位英雄驾驶的轰炸机在解放区石家庄机场安全降落。

- 俞渤等五人为什么计划轰炸机场和总统府？

笃志与践行

六朝古都迎新生

1949年4月24日，红旗插上总统府顶楼，宣告了南京的解放，也标志着国民党22年反动统治的崩溃，南京城迎来新生。在南京2500余年的建城史上，几乎每一次政权更替都伴随着生灵涂炭。但唯独这一次，全城百姓欢欣鼓舞地迎接进城军队。1949年4月24日，合众社的报道这样写道："今晨南京秩序已完全恢复，大批民众一早集聚街头，等着瞻仰解放军……成千上万的南京市民挥舞着小旗欢迎解放军，愈到市中心欢迎的人愈多。"

● 天安门的广场上、奥运会的赛场上……国旗升起的瞬间往往令我们热泪盈眶，请你与同学们分享一个印象深刻的升旗故事。

延伸与拓展

刘伯承是新中国成立以后南京市人民政府首任市长，他任职时间虽然不长（1949年9月至1950年7月），却赢得了南京市民的尊敬。为了纪念这位卓越的革命家、军事家，在南京解放50周年之际，南京市在长江大桥南端下桥口不远处兴建了胜利广场，广场内有刘伯承塑像，建议同学们利用研学时间前去瞻仰。

后 记

《烙印——南京红色文化故事（青少版）》共有24个与南京相关的有代表性的红色故事，每个故事按照故事导读、故事正文、活动实施的结构娓娓道来，故事有趣味，活动可操作。

“英名永存”部分是历史人物类故事，每个故事按照人物简介、人物事迹、弘扬人物精神的活动逐步展开；“壮举永记”部分是历史事件类故事，每个故事按照事件背景、事件经过、传播事件意义的活动逐步展开；“遗址永在”部分是历史遗址类故事，每个故事按照遗址现状、遗址当年人物事迹、挖掘遗址当代价值的活动逐步展开。

与常见的红色文化故事相比，本书一个鲜明的特色在于活动设计，它由“探究与分享”“笃志与践行”“延伸与拓展”组成，与故事形成一个有机整体。故事教育主题鲜明，活动设计形式多样，可以很好地引导同学们阅读故事后积极开展相关活动，宣讲红色故事，传承红色精神。也便于教师结合教育对象、教育时机进行再创作，引导学生思考与辨析、体验与感悟、交流与分享，深刻领会虽然时代变迁了，但红色文化生生不息，红色精神熠熠发光，从而强化对学生正确的价值引领，推动红色精神的践行。

本书编写过程中，大量参阅《南京红色印迹》、《雨花忠魂·雨花英烈系列纪实文学》丛书、“中国南京红色在线”网站等的文史资料，南京市文学艺术界联合会的很多同志在故事叙写等方面给予本书编写大力支持和帮助，在此表示衷心感谢。

由于编者水平所限，书中错漏在所难免，恳请各位专家学者和同学们批评指正。

编委会

2020年12月